THE FAMOUS FIVE

“五个小侦探”丛书

Enid Blyton

陷入大麻烦

FIVE GET INTO TROUBLE

[英]伊尼德·布莱顿——著

孙精精——译

王珏——绘

漓江出版社

·桂林·

图书在版编目（CIP）数据

陷入大麻烦 / (英) 伊尼德·布莱顿著；孙精精译
. -- 桂林：漓江出版社，2022.6
（“五个小侦探”丛书）
ISBN 978-7-5407-9233-6

Ⅰ. ①陷… Ⅱ. ①伊… ②孙… Ⅲ. ①儿童小说－长篇小说－英国－现代 Ⅳ. ① I561.84

中国版本图书馆 CIP 数据核字 (2022) 第 053159 号

XIANRU DA MAFAN
陷入大麻烦
[英] 伊尼德·布莱顿 / 著
孙精精 / 译
王珏 / 绘

出版人：刘迪才
丛书策划：沈东子　黄彦
责任编辑：黄彦
书籍设计：石绍康
责任监印：张璐

出版发行：漓江出版社有限公司
社址：广西桂林市南环路 22 号　邮编：541002
发行电话：010-65699511　0773-2583322
传真：010-85891290　0773-2582200
邮购热线：0773-2582200
电子信箱：ljcbs@163.com
微信公众号：lijiangpress
印制：北京中科印刷有限公司
[北京市通州区宋庄工业区 1 号楼 101 号　邮编：101118]
开本：880 mm × 1230 mm　1/32
印张：7.875　字数：116 千字
版次：2022 年 6 月第 1 版
印次：2022 年 6 月第 1 次印刷
书号：ISBN 978-7-5407-9233-6
定价：36.00 元

布莱顿与两个女儿在一起

伊尼德·布莱顿

（Enid Blyton，1897—1968）

英国著名儿童文学作家。早年受过幼儿师范教育，后从事教育报刊工作。她为各种年龄的儿童写了 600 多部作品，在英语世界拥有成千上万的粉丝。她是英国国宝级的童书大王，她的书是“哈利·波特之母”J.K. 罗琳的启蒙读物。在欧洲，她的书被公认为最让家长放心的课外读物；在全球，她的书被翻译的数量超过安徒生和莎士比亚。2008 年，她击败 J.K. 罗琳、简·奥斯汀、莎士比亚，被评选为“英国人最爱的作家”。代表作有《诺迪》、“五个小侦探”丛书等。

“五个小侦探”丛书创作于 1942 年，原先只打算写 6 部，结果问世后大受读者欢迎，到 1953 年共写了 21 部才打住。小说后来在报刊上连载，还被拍成电视剧，热心读者还建立了“五个小侦探”俱乐部，交换不同的阅读感受。2009 年，英国拍摄了一部布莱顿传记片，用白描的手法再现了她的一生。

编辑前言

一起来探险吧！

亲爱的小读者们，“五个小侦探”丛书第二辑终于与大家见面啦！

在 2020 年夏天的蝉鸣声中，我们走进了小侦探们惊险刺激而又温暖有趣的世界。“五个小侦探”是英国著名儿童文学女作家伊尼德 · 布莱顿的知名系列故事，共 21 本，讲述了四个勇敢机智的小朋友与一只狗狗的一系列探险经历，故事性、趣味性极佳，赢得了全世界无数家长与孩子的追捧与热爱。此前我们已推出第一辑，即该系列的前五本。但小侦探们的旅程远没有结束，这一次，我们继续为小读者们带来五个激动人心的探险故事。

时隔两年，大家是否还清晰地记着五个可爱的小侦探呢？还有第一次翻开这套丛书的新朋友们，你们的好奇心是否已被点燃？那就让我们一起来看看这个

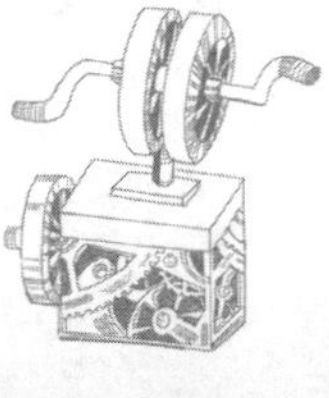

特殊的“五人团”——古灵精怪的假小子乔治，沉着机智的大哥哥朱利安，调皮又细腻的狄克，以及善良温柔的小妹妹安；还有一只名叫提摩西的狗狗，它高大威猛，善恶分明，总能在关键时刻表现非凡。

四个小朋友每逢假期，便相约一起，在提摩西的陪伴下，愉快地开启一个个美好的度假计划。途中，他们总有非同寻常的遭遇，但不管遇到多么离奇的事件，陷入何种危险，小侦探们总能集思广益，各展所长，最终成功地解开谜题，逃离危险！

对小侦探们进行了一番介绍之后，让我们来看看第二辑的这五本书吧。

第一本，《重返宝岛》。复活节假期到了，小伙伴们在柯林度假。此时，乔治的科学家爸爸昆丁正在柯林岛做一项秘密实验，一旦成功就可以造福全人类。因此，他不能让任何人打扰他。可是，昆丁叔叔却在半夜听到咳嗽声，还发现了一截新鲜的烟头。他知道别人来不了小岛，因为熟悉航线的渔民接到禁令，不得带任何人上岛。那么，烟头是谁留下的？神秘岛客又是如何来到小岛的呢？

第二本，《幽灵火车》。愉快的暑假开始了，五个小侦探跟着拉菲先生来到荒原露营。荒原下有隧道，

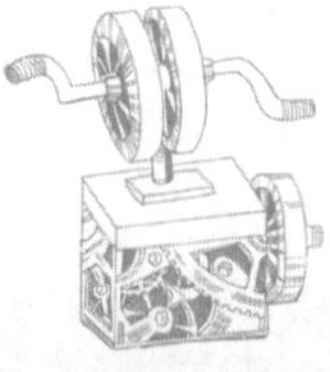

经常有火车经过。孩子们发现山坳里有个废弃的火车调车场，看守人吐露，晚上有“幽灵火车”从废弃的隧道里开出开进。几个小伙伴按捺不住好奇的探险之心，决定去废弃隧道一探究竟……

第三本，《陷入大麻烦》。复活节期间，五个小侦探收拾好行囊，开始一场骑车之旅。然而，阴差阳错之下，狄克突然被人绑架，所有的快乐都化为险情。一切都是因为一个爱说大话、名为理查德的小男孩。其他的小伙伴决计解救狄克，他们会成功吗？

第四本，《冒险的经历》。昆丁叔叔和范妮婶婶到西班牙度假，五个小侦探留在柯林雅舍享受美妙的假期。一天晚上，有贼人闯入了昆丁叔叔的书房。不久，乔治和提摩西一起神秘失踪了。朱利安、狄克和安根据蛛丝马迹开始了追踪，并发现这件事与在海边遇到的流浪女孩乔有关……

第五本，《一次远足》。五个小侦探利用期中假，来了一次徒步远行，他们跋山涉水，玩得不亦乐乎。然而狄克和安因为夜里迷路而被迫借宿在一个破败农家，机缘巧合之下，狄克收到一个越狱犯人误传的口信以及一张纸条。根据这个口信和纸条，小侦探们会找到什么呢？

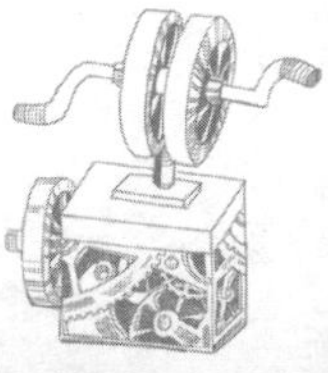

看到这里，小朋友们是不是已经迫不及待，想要翻开书本先睹为快了？我们还在文中给大家准备了小惊喜：这套外国文学读物的译者姐姐，很认真地为每本书制作了主要人物档案和译名对照表，方便小朋友们查阅；画家王珏老师为每个故事绘制了六幅生动的插图，相信一定能得到小朋友们的喜欢；每个章节结束后，还有一个“想想吧”，内含几个小问题，需要爸爸妈妈或者大哥哥大姐姐提问，小朋友们来回答，问题不难，一起来试试吧！

“五个小侦探”丛书是我们推出的诚意之作，在忠实于原著的基础上，力求为大家呈现原汁原味的情节。这套书打开了女作家布莱顿笔下的探险世界，希望能陪伴小朋友们走过一段幸福而有趣的时光，同时培养敢于斗智斗勇、乐于助人的美好品德。当然，这套书也同样献给永葆童心的大朋友们，愿你们也喜欢！

主要人物档案

乔 治

即乔治娜，古灵精怪的假小子，坚强而勇敢，喜欢冒险，脑瓜里有许多鬼点子

朱利安

“五个小侦探”中的大哥哥，沉着冷静而又机智过人，凡事总是站在前面，有勇有谋，敢想敢做

狄 克

时而调皮，时而深沉，集体观念强，心思细腻

安

一个可爱的乖乖女，善良又温柔，喜欢过家家，也会流眼泪

提摩西

乔治的宠物狗，高大威猛，善恶分明，总能救大家于危难之际

目　录 | Contents

第一章　制订假期计划

“说实话，昆丁，我对你真的是无话可说！”范妮婶婶朝她的丈夫说道。

四个小朋友围坐在餐桌旁吃着早餐，同时对范妮婶婶和昆丁叔叔二人的对话听得津津有味：昆丁叔叔到底怎么了呢？朱利安朝狄克挤挤眼；安妮，从桌子下面踢了乔治一脚。大家都很担心昆丁叔叔又会如往常一般大发雷霆。

昆丁叔叔手持一封信。这封信范妮婶婶已经读过，刚转交给昆丁叔叔。此信就是造成目前尴尬处境的唯一缘由。昆丁叔叔眉头紧锁，而后决定克制住怒火。之后，他温和地说道：

“别这样，亲爱的范妮。你觉得我会清晰地记住孩子们的假期吗？而且我对他们具体要在哪里度假也一无所知啊！你也知道，我有科研工作，那工作和孩子们一

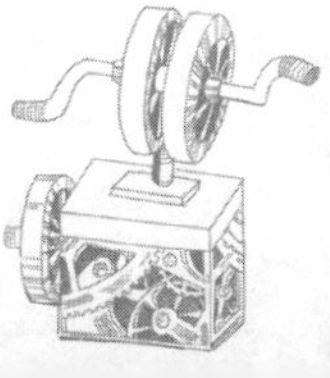

样重要。我是真的记不住孩子们放假和开学的日子！”

“你明明可以问我，”范妮婶婶愤怒道，“你说，昆丁，我们是不是讨论过邀请朱利安、狄克和安共度复活节？因为他们特别喜欢这个季节的柯林岛、大海。当时，你信誓旦旦地承诺，一旦孩子们到了，就会安排时间……”

“可是他们却放假这么晚！”昆丁叔叔说，“我也不知道怎么会这样。”

“但是亲爱的，你肯定知道今年的复活节会比往年晚一些。所以，他们也放假晚了。”范妮婶婶叹口气说。

“老爸才不会想到这些呢，”乔治说，“妈妈，发生什么事了？难不成是爸爸要中途离开我们？或者说还有其他事？”

“你说对了。”范妮婶婶回答道，一边再次拿过那封信，“我看一下……他必须在两天之内出发，而我，则肯定要和他一起，可我又不能让你们几个单独留在这里。如果乔安娜没有生病就好了，可是她近两个星期之内是不可能回来的。”

乔安娜是他们的厨娘。孩子们都非常喜欢她。然而很遗憾的是，朱利安他们到柯林雅舍时，她却不在。

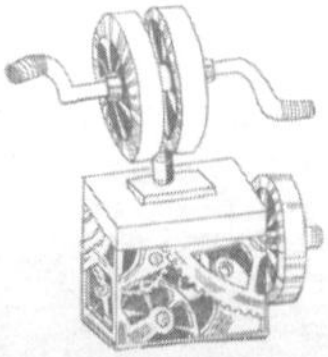

“我们可以照顾好自己的，”狄克说，“安就是一个挺不错的厨师呢。”

“我也会帮忙的。”乔治说。她本名乔治娜，不过大家都喊她乔治。此时，她的妈妈微微一笑。

“得了吧，乔治，上次你煮鸡蛋时，把锅忘在一边，直到里面的水熬干。我觉得其他人不一定看好你的厨艺。”

“我就是忘记了而已，”乔治分辩道，“我本来是去拿闹钟定时，回来路上突然想起提摩西还没有吃晚饭，所以就……”

“是的是的，大家都知道。”她妈妈哈哈笑起来，“提米吃到了晚餐，可你的爸爸却没了茶喝。”

“汪！”提米听到有人叫它名字，从桌子底下传出一声吠叫。它舔了舔乔治的脚，以提醒她自己就在那里。

“好了，言归正传。”昆丁叔叔急躁地说，“我必须，而且肯定要去参会。我要在那里审阅一些重要文件。范妮，你没必要和我一起去，留在家照看孩子们吧。”

“妈妈去吧，”乔治说，“这样我们可以提前实施暑期计划了。”

“是的！”安急不可耐地说，“我们真的可以做

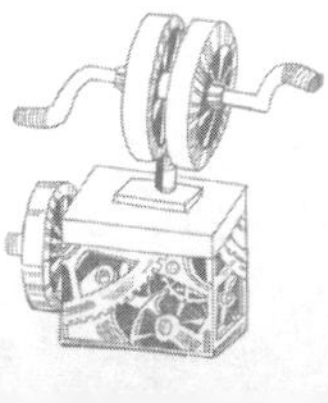

了！那就开始吧！”

“是噢——我也正有此意。”狄克说。

“啊哈，到底是什么？”范妮婶婶问，“我可是一头雾水。如果有危险，我绝对不同意。所以，你们要仔细掂量掂量。”

“我们什么时候做过危险的事情了？！”乔治又喊又叫。

“数不胜数。”她妈妈回答道，“好了，告诉我你们所谓的计划。”

“其实也没什么，”朱利安说，“范妮婶婶，只是我们的自行车碰巧目前状态良好，而且您还记得吧，圣诞节时您送了我们两个小帐篷。所以，我们就想着什么时候骑着单车，带着帐篷，在乡村周围探探险，那肯定会非常有趣。”

“而且现在的天气棒极了——我们绝对会不虚此行。”狄克说，“再说了，范妮婶婶，你答应过我们可以使用帐篷！现在就是个机会！”

“我允许你们在花园，或者海滩使用，”范妮婶婶说，“上次同意你们去野营，是因为有拉菲先生照料着。不然我不会让你们单独去户外。”

“好了，范妮。如果朱利安连他们几个都照看不

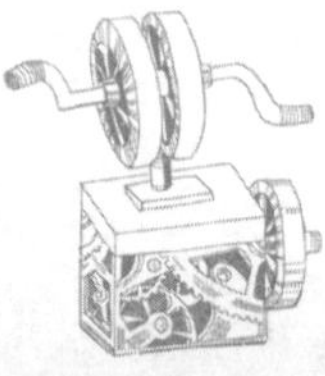

好，岂不是太差劲了。”昆丁叔叔极不耐烦地说，“让他们去！我保证朱利安会让这几个小的乖乖地听话，然后归来时毫发无损。”

“谢谢叔叔。”朱利安说，他还真有点不太习惯昆丁叔叔对他的溢美之词！他扫视了一下其余几个小伙伴，粲然一笑。“不用说，我管理他们几个，还是不在话下——虽说安这个小朋友有时候难缠了一些！”

安气愤地张大嘴巴。她年龄最小，却是最听话的一个。她捕捉到朱利安咧嘴大笑的样子——他在故意打趣她呢，便很识趣地露齿而笑。“我保证，我一定会老老实实的。”她诚恳地对昆丁叔叔说。

昆丁看起来有点惊讶。“噢，我打心眼儿里一直认为乔治是最难缠的……”他刚起了话头，看到妻子紧皱的眉头，便立即打住。的确，乔治不怎么听话。然而这个事实即使被摆到桌面，也不可能让她收敛几分，还不如不说。

“昆丁，你从来都听不懂朱利安的玩笑话，对吗？”范妮婶婶说，“那行，如果你果真信得过朱利安，那么咱们就放手，同意他们带着帐篷去户外骑行……”

“太棒了！那就这么说定了！”乔治欢呼雀跃起来，兴奋地给了狄克背上一拳，“明天就出发，我们

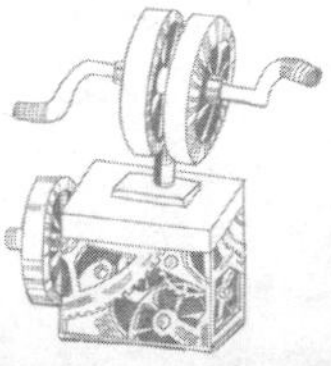

要……”

“乔治，不可以这样！”范妮婶婶说，“你很清楚你爸爸的脾气。而且你看，提米也跟着你激动起来了。提米，卧下！它跟疯了似的围着屋子跑呢！”

昆丁叔叔起身准备走开。原本是用餐时间，反而群情沸腾，他看不惯这样。走着走着，他差点被兴奋的提米绊倒，而后生气地走了出去。屋子里有四个孩子，再加上一条狗，这画面简直无法形容！

“范妮婶婶，我们明天真的就可以出发吗？”安询问道，她的双眼闪闪发亮，“现在四月的天气非常舒服——不过说实话，已经像七月那样热了。我们几乎不用带厚衣服。”

“如果你们这样认为，那么就不要去了。”范妮婶婶温柔地说，“今天也许艳阳高照，晴空万里，但是四月份的天气瞬息万变。明天兴许瓢泼大雨，后天指不定大雪纷飞呢！朱利安，我会给你们一些路费，以备某天晚上天气转坏，去住旅社用。”

四个孩子立马默默祈祷天气千万不要转坏！

“真是太好玩了！”狄克说，“每天晚上，我们可以自由选择扎营的地方。碰上有月亮的晚上，我们还可以半夜就上路，我们可以的！”

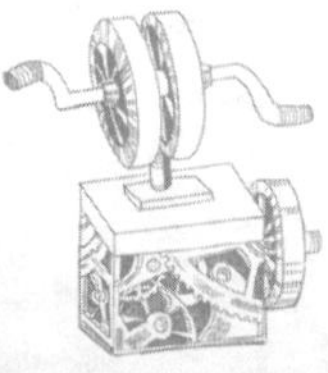

“哇！在月光中骑车，我从来没干过，”安说，“这个建议听起来顶呱呱。”

“好吧，我们不在家的日子里，你们能去做一些自己喜欢的事，也不错。”范妮婶婶说，“我的老天，嫁给昆丁这些年，他向来没让我过得清清楚楚！好了好了，今天我们注定要异常繁忙，来一起准备你们的行囊吧！”

瞬间，一切都变得令人激动不已。四个孩子拔腿冲向卧室，整理床铺，打扫卫生，一边用最大的嗓门说话。

“怎么也没想到我们明天竟然能单独出行！”狄克说道，一边扯起床单和毯子，裹成一团乱麻。

“狄克，我来帮你整理床铺！”安看到狄克草草了事的样子极其震惊，不禁大叫起来，“不是这样做的！”

“咦，我怎么不会了！”狄克不甘示弱，“你好好看着！而且我还要把朱利安的床铺一起给整理好了。所以，请走开，去做自己的事，安——我会抻平床罩，把枕头放平整，拍拍羽绒被——随便你做什么事，只要别碰我的床。老老实实等着，直到我们出发去骑行，到那时候，你可不能再铺床叠被了，而是要卷起睡袋，就是这样！”

说话间，狄克收拾完毕——强力拖拽不平整之处，

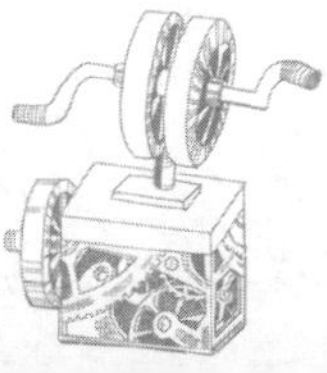

睡衣裤塞到枕头下面。安不禁哈哈大笑，而后去整理自己的床铺了。她也相当激动。即将到来的日子仿佛在她眼前展开：阳光明媚，稀奇古怪的地方，不知名的树林子，大大小小的山峰，涓涓溪流，路边野餐，月光下骑行……狄克真的是这个意思吗？他简直就是奇才！

接下来的时间，他们个个繁忙无比。比如打包必须要带的物品，把帐篷叠得类似罗盘大小以便能绑到自行车后座上，在储藏室上下翻找要带的吃食，寻找可能会用到的地图册，等等。

提米已知晓乔治等人行将出门，当然，它很确定自己也会一起去，所以也像他们一样兴奋不已。故而成天竖直尾巴不时吠叫几声，同时也因为乱窜少不了妨碍大家。然而并没有人介意，因为提米是他们的一部分，是他们的五分之一，它除了不能说话，几乎可以做任何事情——出门如果没有老伙计提米陪伴，简直是不可想象的。

“当你们骑车数英里，我怀疑提米是否能够跟上你们。”范妮婶婶问朱利安。

“绝对没问题！”朱利安回答道，“它永远不会在意路程会有多远。范妮婶婶，我希望您放宽心。您肯定知道提米是一个多么棒的守护者。”

“是，我很清楚。”范妮婶婶说，“如果不是有提米跟着，我可不会这么轻易放你们单独出行的！它绝对会像一个大人一样好好照顾你们！”

“汪！汪！”提米连声表示赞同。

乔治扑哧笑了，说：“老妈，提米说它能顶两个大人呢！”说着，提米的大尾巴重重地砸在地板上。

“汪！汪！汪！”它再次吠叫起来，仿佛意味着不是两个，而是三个！

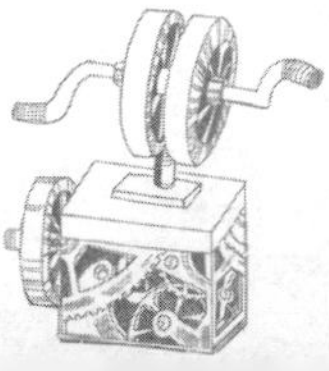

想想吧

1. 昆丁叔叔必须在几天之内出发？

2. 圣诞节的时候，范妮婶婶送了什么礼物给几个小朋友？

3. 孩子们的计划是什么？

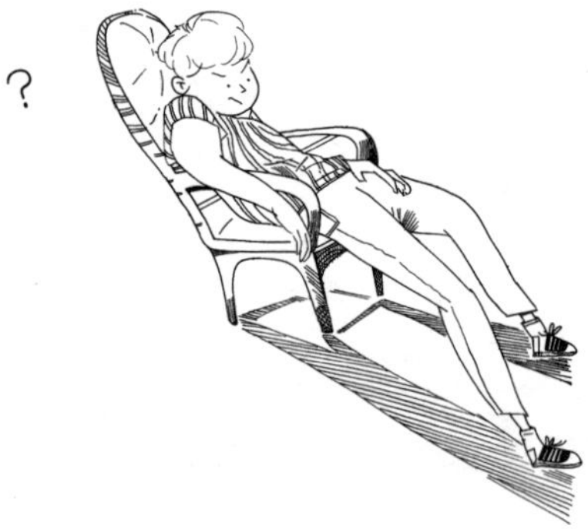

第二章　出发

翌日，他们整装待发。一切准备妥善，除去需要随身背着的背包，该打包的都打包好了，该绑到自行车上的也绑结实了。车篮里为当天准备了各种各样的食物，一旦吃完，朱利安就会去买新的。

“我说所有自行车的车闸都没问题吧？”昆丁叔叔问起来。他记起当他还是一个小男孩时，也有过一辆自行车，不过车闸总是坏的，所以觉得有必要询问一下孩子们。

“昆丁叔叔，请放心，车闸都很正常。”狄克说，“如果车闸或其他任何部位有问题，我们就绝对不会骑车出门。您肯定知道，英国公用通道法规对此有严格的规定，而且，我们会绝对遵守法规的！”

但是很遗憾，昆丁叔叔看起来好像对这个什么法规一无所知，不过这很正常。他一直生活在自己的世

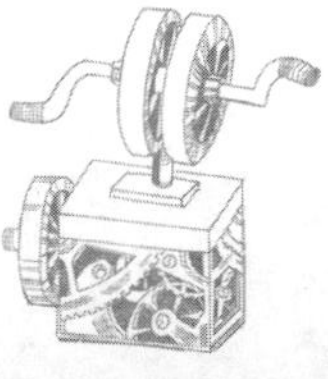

界，那里只有理论、数字和图表，而且此刻他急切地想要回到那里！然而，他仍不失耐心且儒雅地看着孩子们对自行车进行最后一次调试。之后，孩子们就彻底准备好了！

“再见，范妮婶婶！不过我们估计无法给你写信，就像你无法联系上我们，告诉我们你们会在哪里安顿下来一样。不过都没关系的，祝你们玩得开心！”朱利安说。

“老妈，再见！不用担心我们，我们会度过一段超级快乐的时光！”乔治大喊着。

“范妮婶婶，再见！昆丁叔叔，再见！”

“再见咯，叔叔！范妮婶婶，我们出发啦！”

沿着柯林雅舍外的一条乡间小路，孩子们跃上自行车，就此出发了！

范妮婶婶与昆丁叔叔一直站在花园门外朝他们挥手道别，一边目送着他们渐渐远去，直到这个小团体拐了一个弯，消失在晨光熹微中。提米跟在乔治旁边轻松地跑着；它的腿极长，且强劲有力，这番能够充分发挥其特长的奔跑使它欣喜若狂。

“好了，我们出来啦！”拐弯的时候，朱利安说，“能够这样子单独出门，真是太幸运了！昆丁叔叔真

孩子们跃上自行车，就此出发了

是大好人一个。真开心能看到他稀里糊涂的样子。”

“第一天咱们不要骑太远吧——如果骑太久了我会浑身酸痛的。”安说。

“放心吧，不会骑太久。”狄克说，“一旦你觉得累了说出来就行，我们随时可以停下。”

晨间无比温暖。很快，孩子们开始冒汗，浸湿了衣服，他们遂脱去毛衣，顺手塞进车篮里。微风时不时吹起乔治那头短短的鬈发，让她看起来更像一个男孩子。大家都穿着短裤配薄薄的针织套头衫，只有朱利安还穿着牛仔外套。朱利安卷起衣袖，另外几个也卷起衣袖。

山一程，水一程，沐浴着暖阳与和煦的微风，他们的旅途好不自在！提米耷拉着粉色的长舌头紧紧跟随着大部队，没有一丝倦意。路上若遇到草地，它绝不会践踏草坪，而是绕着从边缘走过。它真的是一只通情达理的狗！

路过一个叫作曼灵顿·多维的小村庄时，他们停了下来。这里只有一个普通的商店，但是货物还挺全——至少看起来是。“希望这里有姜汁啤酒[1]。”朱利安说，“我快渴死了！”

① 一种不含酒精的饮料。

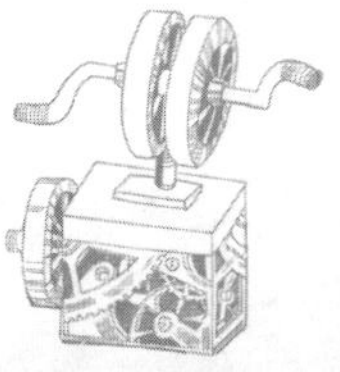

小商店出售柠檬汽水、橙汁汽水、酸橙汁、葡萄汁，还有姜汁啤酒。到底买哪一种，好难抉择。对了，还有冰淇淋。很快，孩子们已经围坐在一起，一边喝着姜汁啤酒、酸橙汁，一边吃着美味冰淇淋了。

“提米也必须来一个冰淇淋，”乔治说，“它爱吃冰淇淋。提米，你喜欢不喜欢？”

“汪！”提米叫了一声。三下五除二，提米就将一个冰淇淋狼吞虎咽，而后还咂巴咂巴嘴。

“给提米吃冰淇淋就是一种浪费嘛，”安说，“它简直就是囫囵吞枣，根本没有仔细品味。不能这样，提米，坐下。我的冰淇淋可是一口一口吃的，马上就没咯，没你的份儿！”

提米走开去喝水——商店老板娘为它专门倒了一碗水。它喝啊，喝啊，直到累得重重坐下大口大口喘气。

休整片刻，再次出发时，每个孩子又都要了一瓶姜汁啤酒——打算午饭时喝。毫无疑问，他们已经在开心地筹划着大吃一顿提前备好的袋装三明治了。

路过一个牧场时，安看到几只奶牛正在拖拽青草吃。“做一头奶牛真是太糟糕了，因为只能吃这些没用的草。”她朝乔治喊道，“你想想，一头牛要错过多少好吃的——永远不会吃鸡蛋加生菜的三明治，不会吃

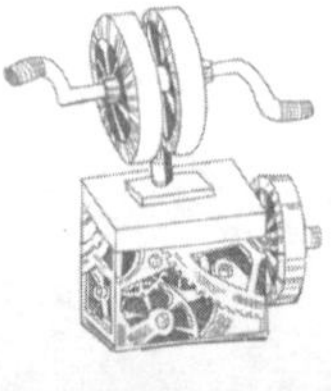

巧克力泡芙，不会吃一个水煮蛋。而且，甚至不能喝上一杯姜汁啤酒！哎呀呀，真可怜！”

乔治听后，大笑不已。“安，别傻了！”她说，“说起鸡蛋三明治和姜汁啤酒，还真是勾起了我的食欲，我迫不及待要吃午餐了！我知道我老妈给我们准备了鸡蛋三明治，还有沙丁鱼呢！”

“这样不好。”狄克插嘴道，他正带领大家走进一小片矮林中，自行车摇摇晃晃的，看着挺危险的，“就是不好。如果你们女生一直要这么叽里咕噜说吃的，那么咱们几乎就要原地踏步了。朱利安，要吃午餐吗？”

这是进入矮树林的第一餐，而且是一顿非常惬意的午餐。一簇簇报春花温柔地环绕着他们，不知隐藏在何处的紫罗兰散发出阵阵清香。一只画眉站在榛树枝头放声高歌，间歇时，两只苍头燕雀在林间“宾克、宾克”[①]地叫。

“听一听，看一看，有悦耳的歌声与优美的风景相伴，”朱利安挥挥手，指指叽叽喳喳的鸟儿与美丽的报春花，“真是太棒了。眼下，我们就差一个服务员过来送菜单了。”

一只小兔子跌跌撞撞跑到了附近，大大的耳朵好

① 原文为“pink-pink”，此处为音译，表示鸟叫声。

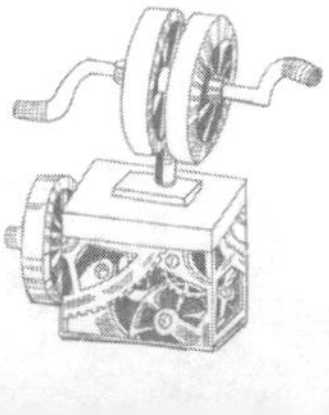

奇地直直竖着。“看，服务员！”朱利安立马道，“邦尼，今天有什么好吃的吗？美味的兔兔馅饼？”

兔子闻声即刻拔腿就跑。它闻到了提米的气息，恐慌不已。孩子们哄然大笑，因为好像就是“兔兔馅饼”这几个字把它吓跑了。提米注视着渐渐消失的兔子，一动不动。

“哎哟，提米！这可是你第一次眼睁睁地看着兔子从你眼皮子底下逃跑，”狄克说，“你肯定是又热又累。乔治，给提米来点吃的咋样？”

“当然要的，”乔治说，“我亲自为它做了三明治。”

还真的是呢！她专门买了香肠肉馅，为提米做了十二个三明治，都切得整整齐齐，分包装好。

其他人哈哈笑了起来。但是为了提米，乔治从不怕任何麻烦。接到三明治，它就狼吞虎咽地吃起来，尾巴则重重地打到草地上。户外开阔的视野令所有人心醉神迷，他们悠然自得地坐在一起吃吃喝喝。

安正吃着冰淇淋。“乔治，你在做什么呢？你怎么吃提米的三明治？”

“啊呀！”乔治回答道，“我说呢，我还以为它本来就是硬邦邦的。原来是我不小心把我的给了提米吃，而我正在吃它的。不好意思哦，提姆。”

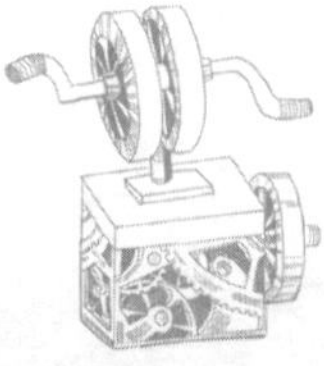

“汪！”提米客客气气地回了一声，而后吃起另一块三明治。

“以这个速度，它估计不会真正意识到自己到底是吃了二十个还是五十个，”朱利安评论说，“目前它已经把自己的吃完了，对不对？那么，各位要当心了，它很快就要吃我们的了。听，乐队又开始演奏了！”

大家都凝神静听画眉的歌喉。“当心脚下的路，”画眉唱道，“当心脚下的路！万事当心，当心，当心……”

“听起来像一首安全第一宣传曲。”狄克一边说，一边把脑袋舒适地歪到一块苔藓上，“好的，老伙计，我们一定会当心脚下的路。不过现在我们需要打个盹儿，请把嗓门压低些！”

“休息一下是个不错的主意，”朱利安说着打了个哈欠，“目前骑了那么远，我们已经很棒了。旅行第一天，绝不能过于疲惫。提米，请离开我的腿——你吃了所有的三明治，现在超级重的！”

提米于是挪了挪窝。它走向乔治，卧到她的旁边，一边舔着乔治的脸。乔治伸手把它推开了。

“不要，黏糊糊的。”她昏昏欲睡，“去站岗吧，关注是否有人路过，或者偷我们的自行车。”

当然，提米很清楚“站岗”二字的含义。一听到

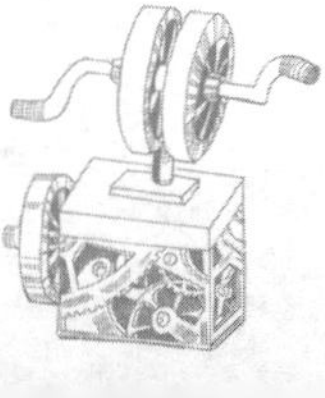

“站岗”，它立马端正坐姿，朝四周谨慎地查看一番，同时努努鼻子嗅一下气味。附近会有人吗？答案是没有。整个山间异常静谧，了无声响，也闻不出什么奇怪的味道。提米顺势卧下了，却同时竖起一只耳朵，睁大一只眼睛。对此，乔治总是觉得不可思议——提米竟然能这样睡觉。她正准备讲给朱利安与狄克听，却发现这二人已经酣然入梦。

乔治也睡了。没有任何人的打扰。一只小巧的知更鸟好奇地跳到附近，歪着脑袋，在考虑提米尾巴上的毛发是否适合筑窝。提米醒着的一只眼睛张开了一些——暗示着假如知更鸟胆敢对它耍任何花招都必将遭殃！

知更鸟飞走了。画眉又哼了几声。小兔子钻了出来。提米的一只眼睛睁得大大的。兔子又匆忙逃离。提米轻轻打起了呼噜。它到底是醒着呢，还是睡着了？小兔子可没有耐心等着探究明白。

待他们陆陆续续醒来，时间已经到了下午三点半。朱利安抬手看了一眼手表。“下午茶时间就要到了！”他说。安却尖声嚷起来：

“不！我们不是才刚刚吃过午饭，我还撑着呢！”

朱利安咯咯地笑了起来。“好好好。安，以后我们吃饭就听从小肚肚的要求，而不再看时间。快，赶快

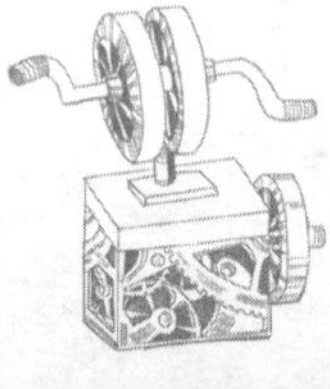

起来！要不然就把你扔下了！”

骑着单车，他们从报春花丛中驶出，朝另一个山头前进。温柔的风轻轻拂过他们的脸颊。安发出一声轻微的叹息。

“我的天，我已经有点不舒服了。朱，我们还要骑很远吗？”

“不，没有多远了。”朱利安说，“我计划如下：假如大家都有意吃个下午茶，那么我们就找个地方；然后，去购买晚餐和明早的早餐；最后，寻找一个极好的位置扎上帐篷准备过夜。另外，我在地图上发现了一个小小的湖。如果咱们能顺利找到它，那么就可以去游个泳了。”

大家都表示赞成。乔治觉得自己还能骑上几英里，如果终点真有一个湖在等着她。

“你的安排非常棒，”她赞赏地说，“真的非常非常好！我觉得我们的整个旅行计划都应该围着湖进行，这样无论早上还是晚上，就都可以游泳了！”

“汪！”提米围着乔治的自行车一边奔跑，一边吠叫不止，“汪汪汪！”

“提米和我的意见一样呢，”乔治哈哈笑着说，“噢，天哪，它竟然把自己的浴巾带来了！”

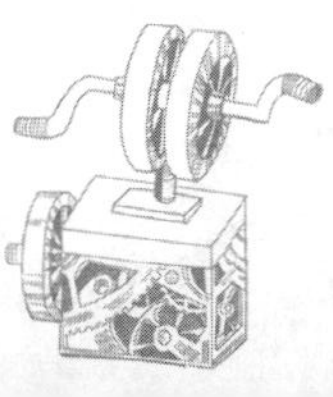

想想吧

1. 孩子们刚出门时的天气如何？

2. 第一天，提米的午餐是什么？

3. 朱利安在地图上发现了一个什么地方？

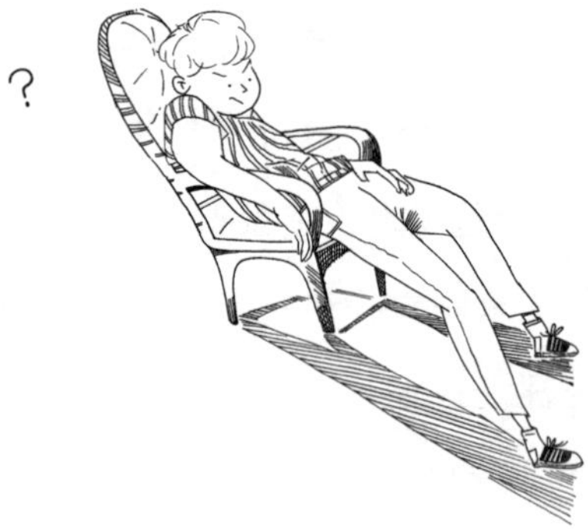

第三章　美好的一天，以及惬意的夜晚

这天晚上，五个小侦探度过了一段愉快的时光。五点半的时候，他们喝了下午茶。之后，买到了晚餐与第二天的早餐——新鲜的面包卷，鳀鱼酱，纸板盒里盛着一个又大又圆的果酱馅饼，一些橘子，酸橙汁，一颗“肥肥的”生菜以及一些火腿三明治。看起来食品种类的确丰富多样。

“让我们祈祷一下等会儿千万不要把明天的早餐也一起吃掉了。”乔治说，一边把三明治放到她的车篮里，“卧下，提米。这些三明治不是你的。我已经给你买了一块巨型骨头，足够你享用数小时了！”

“嗯，不过请不要在我们休息的时候给它。”安说，“因为它会大声咀嚼，且嘎吱嘎吱响，实在是太吵。我会睡不着觉的。”

“我今晚绝对是呼呼大睡的，”狄克说，“即使是地

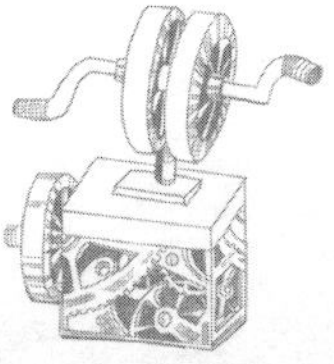

震也摇不醒我。我已经在思念我亲爱的睡袋了。”

“我觉得，今晚没必要扎帐篷。”朱利安抬头望望洁净得没有一丝杂质的天空，说，“六点钟的时候，我会找人了解一下天气情况。说实话，我觉得今天晚上，咱们只消钻进睡袋，然后以天为盖地为床就行了！”

“太美了吧！”安说，“我喜欢躺着看星星。”

经询问，当晚的天气很好。“晴天，无云，微风。”

“棒极了。”朱利安说，“这下我们会轻松很多，至少不用打开帐篷了。走吧。大家都准备好了吗？我们还需要再买些吃的吗？”

篮子已是满当当的，大家都认为食物相当充足。

“如果提米能拿着自己的骨头，我们也许还能再装点吃的。”安说，“我这个车篮的一半都塞着它的大骨头呢。乔治，为什么不能拿出来一部分让它自己背着呢？我相信它足够聪明能受此重任。”

“当然，它是聪明。”乔治说，“然而，它更馋啊，安。你知道的，如果让它自己背着骨头，它会立马站住，而后一下子吃光光。狗狗们似乎能随时随地开吃。”

“它们多幸运啊！”狄克艳羡地说，“我多么希望我也能这样。可是我却不得不在两餐之间休息。”

“到湖边啦！”朱利安说，一边折起手上的地图，“才五英里远。这个湖的名字是碧塘，但是看起来要比水塘大一些。我好热，浑身黏糊糊的，终于可以洗个澡了。”

晚上七点半，他们抵达碧塘边。这是一处非常美妙的地方，旁边有一个小木屋，很明显是在夏季供游泳者换衣服用的。只是现在被锁上了，一道窗帘完全遮住了窗户。

“我想，如果大家愿意，咱们可以进去泡上一泡呢。”狄克犹疑地说，“现在才是四月中旬，你们知道，水不会太暖和的。但是，我们每天早上毕竟也都已经习惯了冷水浴。我敢说，经过一天的曝晒，湖水应该也不会过冷。来吧，下去游泳吧！”

他们走到灌木丛后，换了泳衣，而后跳进了水里。说句实话，水当然很凉。安扑腾了几下，就出来了。

乔治游向男孩子们，他们爆发出一阵阵兴奋与欢笑声。“嗬，还是好冷！”狄克道，“快点，加速动起来。快看安，她已经换好衣服了呢。提米，你在哪儿呢？你不怕冷水的，对不对？”

在碧塘里，他们上下跳跃着，近乎发狂。安已经开始准备晚餐了。太阳已经落山，尽管晚间仍有一丝

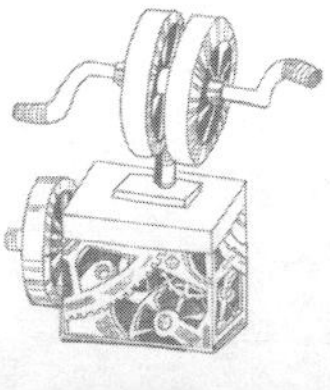

余暖，但也只是微乎其微。安还是比较喜欢穿得暖和和的。

“安真是个好孩子，”待大家都换上了温暖的衣服加入安时，狄克说，“看，她准备好了晚饭。安，你可真了不起。我敢打赌，如果我们要在这里待上超过一个晚上，安估计会做一个食物橱柜，以及布置出一个可供洗洗涮涮的地方——对了，还得有一个存放抹布与扫把的地儿。”

“你可真可笑，狄克。”安说，“我喜欢收拾、做饭，你应该感到高兴啊。噢，提米，去去去！走开！你们看，它身上甩下来的水全都落到了我们的晚餐上。乔治，你必须把它撵走，你很清楚它游过泳之后会干啥。”

“抱歉，”乔治说，“提姆，说对不起。你为什么这么使劲啊？如果是我，非得把耳朵和手指都甩到天上去了！”

坐在夜色里，观看第一颗星星跃然天际，他们享用了一顿美妙的晚餐。孩子们与狗狗都很疲惫，却又非常快乐。这是他们旅行的开始。——凡事的开端总是那么美好，日子在你的眼前无穷尽地伸展。而且，你无比确信：太阳每一天都会灿烂无比。

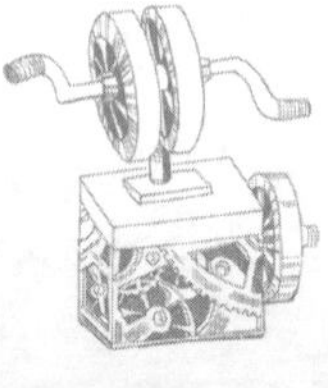

吃罢晚饭，他们没有那么迫切地想要钻进舒服的睡袋里。他们整齐地坐成一排，以便随时交谈。提米异常兴奋。它一本正经地围着大家散步，孩子们冲着它又叫又吼。

“提米，你的胆子可真大！你晚饭怎么能吃那么多！”

“提米，你个大笨蛋！你的臭脚踩到我啦！”

“乔治，你真的应该立即阻止提米走来走去！我就是希望它晚上的时候能安静下来。”

听到众多的吼叫声，提米很惊讶。它停住了脚步，可是鼓捣半天也没能钻进乔治的睡袋，只好卧倒在她的身旁。它伸出舌头开始舔乔治的脸，乔治忙扭过头去。

“哦，提米，我爱你，可是我不希望你总是把我的脸弄得湿湿的啊！朱利安，看那颗非常闪亮的星星，就像一个小小的圆圆的灯泡。是不是？”

“其实，那并不是一颗普通的星星。那是金星，行星的一种，”朱利安带着倦意说道，“被称作昏星。你怎么可能不知道呢，乔治？学校老师没教过你吗？”

乔治试图透过睡袋使劲踢朱利安一下，但是不行，无奈只好放弃，然后打了一个大大的哈欠，传染得其他人也都昏昏欲睡。

安最先睡着了。她年龄最小，尽管她一直很勇敢

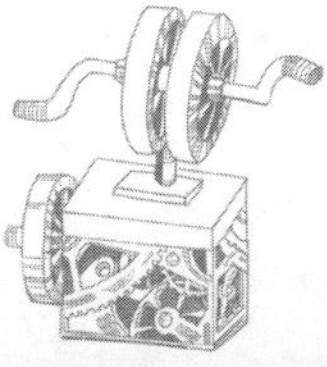

地和大家保持一致，但是相比其他人，经过长长的走路与骑行，她会更累。乔治目不转睛地盯着那颗昏星看了一分钟，而后一下子就陷入沉睡。提米则超级安静。它一路上跑个不停，简直要累坏了。

整个晚上，所有人都毫无知觉，甚至是提米。它没有看到不远处的那一大群蹦蹦跳跳的兔子。当一只猫头鹰在附近发出叫声时，它也没有竖起耳朵细细听。一只小甲壳虫爬到了它的头上，它也一动不动的。

但是，一旦乔治突然醒来喊一声“提米”，它就立马清醒起来，站在乔治身边，温柔地哼哼着伸出舌头舔她。无论白天还是黑夜，乔治就是它世界的核心。

第二天，天气很好，阳光明媚。醒来，感受暖暖的太阳照在脸蛋上，听那画眉尽情歌唱，真是美好的一天。“估计是同一只画眉鸟，”狄克懒洋洋地想，“它在唱：‘当心，当心，当心！’跟之前一样。”

安慢慢坐起来。她在想，是否要起床给大家准备早餐了，或者他们还想先去冲个凉？

紧接着，朱利安坐了起来，扭动着露出睡袋一半的身子打了个哈欠。他咧着嘴冲安笑笑。

“早啊，”他说，“昨晚睡得咋样？我今天早上感觉状态特别棒！”

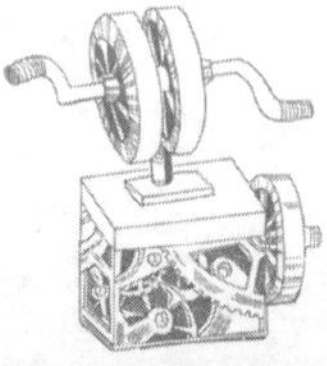

“我感觉浑身僵硬，”安说，“但是很快就好起来了。嗨，乔治，你醒了吗？”

乔治咕哝了句什么，又往睡袋里面缩了缩身子。提米挠一挠乔治，发出低低的呜呜声。它想让乔治赶快起床，和它一起去跑步。

“闭嘴，提米！”乔治从睡袋深处说话了，“我正在睡觉呢！”

“我要去洗澡了，”朱利安说，“有没有人一起？”

“我才不要去，”安说，“对我来说，今天早上太冷了。乔治看样子也不太想去。你和狄克去吧。等你们回来时，我就把早餐准备好啦。抱歉的是，我没办法准备任何热的能喝的东西，因为咱们没有带水壶或类似水壶的工具。”

说着，看起来依旧睡眼惺忪的朱利安和狄克就出发去碧塘了。安从睡袋钻出来，快速穿好衣服。她决定拿着洗漱用品袋和法兰绒毛巾去湖边，用冷水让自己彻底清醒起来。瞧，乔治还在睡袋里蒙头大睡呢。

两个男孩快走到目的地了。此刻，他们已经可以清晰地看到那个处于丛林掩映间，发出绿宝石般光泽的美丽小湖了。它看起来的确非常好客。

突然，他们看到树边停放着一辆自行车。这令他

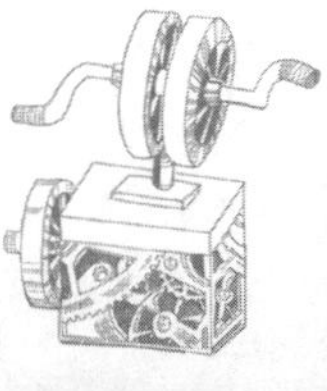

们大吃一惊。车子不是他们几个的，这里另有他人。

接下来，他们听到碧塘里传出哗啦啦的泼水声。他们迅速跑过去。是不是还有其他人在洗澡呢？

没错，一个男孩子正在湖里。他金黄色的头发在晨曦照耀下显得湿乎乎的，又滑溜溜的。他正拼尽全力在湖里游泳，所经之处，身后会掀起长长的波纹。他也突然看到了狄克和朱利安，向他们游去。

“你们好，”他说，一边涉水走了出来，“你们也是来游泳的吗？我的小湖不赖吧？”

“你说什么？这不是你的湖吧？”朱利安问道。

“好吧，它属于我爸爸，瑟娄·肯特。”男孩回答说。

朱利安和狄克听说过瑟娄·肯特，本市的富豪之一。朱利安满腹狐疑地看着那个男孩。

“如果这是一个私人湖，那么我们就不便打扰了，我们不洗了。”朱利安说。

“别这样，快来吧！”男孩大喊起来，随后朝他们身上泼冷水，“咱们比赛谁先游到另一头。”

比赛开始，他们挥舞着健壮的棕色的胳膊，在一池碧绿的水中破浪前进。——美好的早晨开启明媚的一天，棒极了！

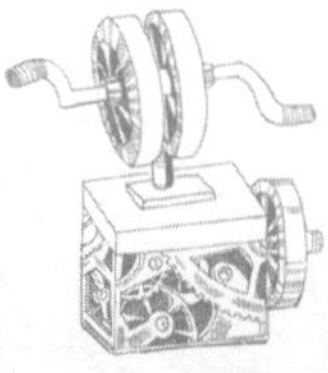

想想吧

1. 晚上几点钟时，他们到达了湖边？

2. 谁第一个睡着了？

3. 第二天早上，朱利安和狄克遇到了什么人？

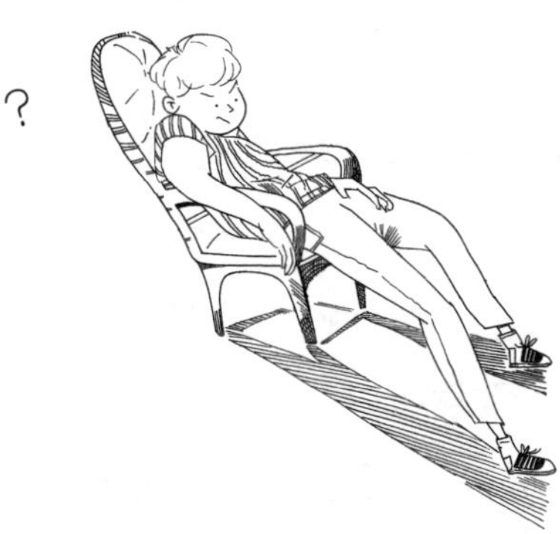

第四章　理查德

看到三个，而非两个男孩子在碧塘中游泳，安大吃一惊。她愣愣地站在水边盯着看，手中还提溜着洗漱用品袋和法兰绒毛巾。第三个男孩子，是谁？

三个男孩子来到安所站着的地方。她羞涩地看着那个奇怪的男孩。这个男孩并不比安大多少，也不像朱利安或者狄克那么大。但是，他看起来很坚强，而且长着一双安最喜欢的爱笑的蓝色眼睛。他甩了甩湿漉漉的头发。

“这是你们的妹妹吗？”他问朱利安和狄克，“你好啊！”

“你好！”安回答道，笑了笑，“你叫什么名字？”

“理查德，”男孩说，“理查德·肯特。你呢？”

“安。”安说，“我们在进行一场自行车旅行。”

这几个小伙子压根儿没有互相介绍自己，他们的

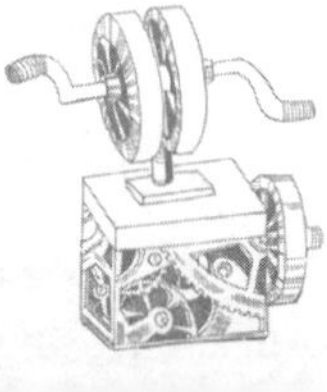

心思还在游泳比赛上呢。

“我是朱利安，这是我弟弟狄克。”朱利安气喘吁吁地说，“我说，我希望我们没有侵犯你们的领地和水域。”

理查德咯咯笑了起来。“好吧，你太较真了。这样吧，我授予你们进入的特权！你们可以随意使用。”

“噢，谢谢！”安说，“我猜这是你爸爸的财产吧？因为旁边并没有标识‘私人领地’，所以我们不知情。对了，你愿意和我们一起吃早餐吗？如果你穿好了衣服，就让他俩把你带到我们昨天晚上露营的地方吧。”

安蹲在湖边，用水洗洗脸，洗洗手，听到从灌木丛后面传来男孩子一边换衣服一边聊天的声音。然后，她飞速赶回露营地，打算整理一下睡袋，把早餐整整齐齐地摆放好。可是，乔治仍然在呼呼大睡。乔治的头露在睡袋外面，一团乱如麻的短短的鬈发让她看起来酷似男孩子。

“乔治——醒醒啦！有客人要来和我们一起吃早饭呢。”安说，一边摇晃着乔治。

乔治才不信呢，她生气地耸耸肩。乔治心想，肯定是安骗她起床然后让她帮忙一起做早饭的小把戏。乔治一动不动，安只好走开了。那好吧！安很宽容地想道：那你想睡就睡吧，我不叫你了！

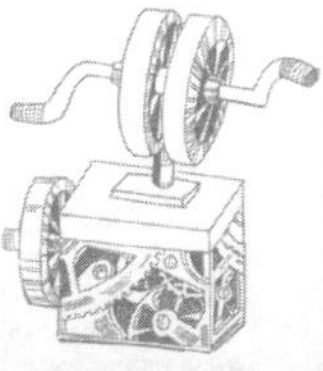

安把他们所有的食物都拿了出来，摆放得整整齐齐。她惊喜地发现，他们竟然多带了两瓶酸橙汁！现在，可以拿来招待理查德了。

没过多久，三个男孩子回来了，他们的头发都湿嗒嗒的，紧贴在头上。当提米走近理查德的时候，他发现了睡袋中的乔治。提米身上的味道，闻起来就像他家里那些整天围着他转的其他狗狗一样，理查德温柔地抚摸着提米；提米对理查德也充满兴趣，它把理查德全身上下舔了个遍。

“是谁还在睡觉呢？”理查德问道。

“乔治。”安说，“她太困了，起不来！不管她——对了，我做好了早饭。你要不要先吃一份面包卷加鳀鱼酱和生菜？还有酸橙汁，如果你想喝的话。”

理查德坐了下来，开始和大家聊天。乔治听到了理查德的声音，感到很奇怪。他是谁？她坐了起来，眨眨眼睛，短短的鬈发乱蓬蓬的。理查德理所当然地把她当作了一个男孩子，因为她看起来就是，而且她的名字又叫作乔治！

“早上好，乔治。”他说，“希望我没有吃掉你的那份早餐。”

“你是谁？”乔治询问道。朱利安和狄克告诉了她。

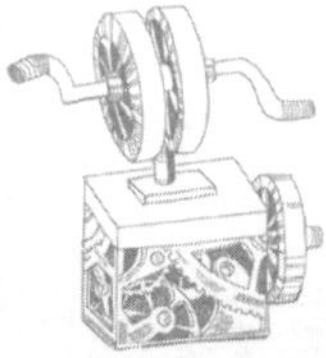

“我家离这里大约三英里远，”理查德说，“今天早上，我骑车过来游泳——哦，对了，刚好提醒了我，我应该把自行车骑过来，放在视线之内。之前，我已经丢了两辆车子，就是因为车子不在我的眼皮子底下。”

他像子弹出膛般飞快地去找自行车。乔治正好趁机从睡袋里爬出来，然后迅速去换衣服。理查德回来之前，乔治已经穿戴好了，开始吃早餐。理查德推着车子回来了。

“搞定！”他说道，一边把车子顺势扔到旁边，“这次终于不用像以前一样和我老爸说车子丢了。他的暴脾气太恐怖了。”

“我爸爸脾气也很火暴。”乔治说。

“你爸爸打你吗？”理查德问道，一边友好地喂提米一点面包卷和鳀鱼酱。

“我爸当然不会打我，”乔治回答道，“他就是脾气暴躁点，仅此而已。”

“我爸爸啊，脾气火暴，易怒，动不动就大发雷霆。如果有人胆敢冒犯他或者冤枉了他，他就会变成一只大象！永远不会原谅你。”理查德说，“他这一生，树敌不少。有时候他还会被人威胁，所以只好请贴身保镖来保护他。”

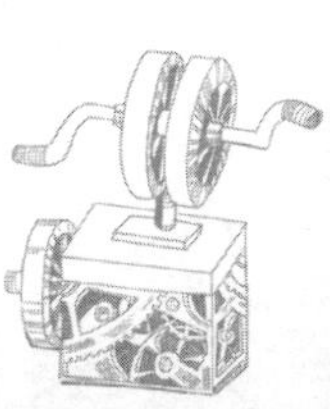

其他人听后，大为震惊。狄克就很想有一个这样的爸爸。这样的话，他就可以在学校向其他男生炫耀爸爸的贴身保镖了。

“他的贴身保镖长什么样？”安非常好奇地问。

“噢，各种各样的都有。但是统一都是大个头，且肌肉发达，长得就像恶棍、流氓，我估计他们就是。”理查德侃侃而谈，其他人都听得津津有味，“其中，去年有一个保镖长得特别瘆人。他有着你们从没见过的最薄最薄的嘴唇，长着一个超级无敌大鼻子——如果你们在路边遇到他，肯定会觉得那是一个逗人乐的假鼻子。”

“我的天哪！”安禁不住说道，“他听起来太吓人了。他现在还跟着你爸爸吗？”

“不。他做错事了——我也不知道什么事——惹怒了我爸。经过一场激烈的争吵，我爸把他撵走了。”理查德说，“这就是他的结局。即使他做了好事，结局仍然一样。我恨他。他经常用脚狠狠地踢狗狗，吓得它们乱窜。”

“啊?！简直就是怪兽！”乔治恐惧地说。说着，她用胳膊环抱着提米，感觉好像有人会突然气汹汹地过来踢它一样。

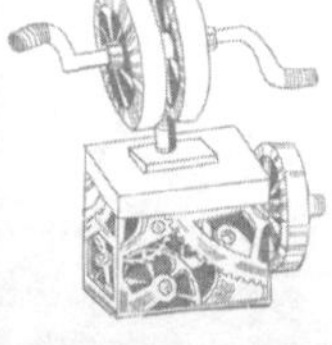

朱利安和狄克在犹豫是否要完全相信理查德说的话。最后，他们得出一个结论，理查德杜撰的故事过于夸张，他们听后也就笑一笑，不像另外那俩女孩子那样对理查德说的一字一句都深信不疑，且吓得不轻。

“你爸爸现在在哪儿？”安问，“他现在是否又有了一个奇怪的保镖呢？”

“那是当然！他这周在美国，但是很快就要回家了，那个保镖也一起回来。”理查德喝掉最后一口酸橙汁，说，“嗯……真不赖。我是说，你们真幸运，能够被允许独自骑车旅行，以及想怎么睡觉就怎么睡觉。我妈妈是绝对不会同意的。她总是担心我会出什么事。”

“也许你也应该有一个贴身保镖。”朱利安揶揄道。

“总有一天我也要偷偷跑掉。”理查德说，“说实话，我有一个贴身保镖。”

“是谁？在哪儿呢？”安问，同时四处望一望，好像她希望能突然冒出来一个庞然大物。

“嗯，他应该是我的假期家庭教师。”理查德用手挠着提米的耳朵，说，“他的名字是洛马科斯，他非常讨人厌。每次出门，我都要和他打报告，弄得我跟个孩子似的，就像安一样。”

安觉得愤愤不平。“当我想出门的时候，就不用和

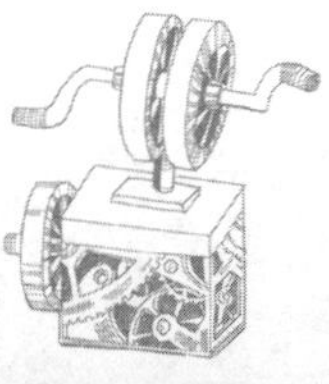

任何人打报告。”安正色道。

“说实在话，如果不是有老伙计提米，我觉得我们肯定不会被允许独自出行。”狄克真诚地说道，“提米比任何恶棍般的贴身保镖或者家庭教师强多了。我猜你应该没有狗狗。”

“我有啊，我有五只狗。”理查德轻快地说。

“它们都叫什么名字呢？”乔治有点不相信地问道。

“呃……本特尔、比斯格友、布朗妮、鲍恩斯……还有，呃……邦佐。”理查德说完，粲然一笑。

“愚蠢的名字。”乔治鄙夷地说道，“给一个狗狗取名字叫饼干[1]真是太荒谬了。你一定是发疯了！”

“你闭嘴。”理查德吼道，怒目而视，“我绝对不能忍受有人说我‘发疯了’。”

“哼，那你必须得忍受我说你发疯了。”乔治满不在乎地说，“我认为，给一只狗，一只温顺、善良的狗狗取名饼干就是发疯了！”

“我要和你打一架。”理查德出乎意料地说，一边站了起来，“来，你给我站起来！”

乔治一跃而起。朱利安倏地伸出胳膊把乔治摁倒

① 原文为“Biscuit”，意为“饼干”，但此处理查德为了逗乐，用Biscuit（音译为比斯格友）作为狗狗名。

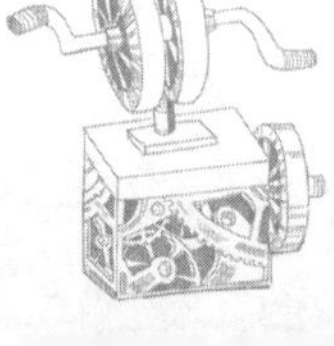

在地上。

“不许打架！”他对理查德说，“你应该感到羞耻。”

“为什么？”勃然大怒的理查德问道。他的脸蛋涨得通红，很明显，他继承了他爸爸的暴脾气。

“好啦，你是不会和女生动手的，”朱利安嗤笑道，“对不对？如果我说错的话，那么请纠正我。”

理查德惊愕地盯着朱利安。“你什么意思？”理查德说，“女生？我当然不会和女生打架。正派的男孩不会打女生。但是，我是要和眼前的这个男孩打架。你们叫他什么来着？对了，乔治。”

朱利安、狄克和安爆发出一阵狂笑，惊得理查德茫然四顾。提米很开心地看到争吵意外结束，发狂地吠叫起来。只有乔治看起来仍怒气未消，表示不可原谅。

“发生什么事啦？”理查德急不可耐地问，“你们在玩什么游戏？”

“理查德，乔治不是男孩啊——她是女孩。”狄克终于解释道，“我的天，她就要接受你的挑战，然后要和你干一架了。你们简直就是两只好斗而猛烈的猎狐梗。”

理查德听后，惊得瞠目结舌。他的脸蛋比之前更红了，难为情地看着乔治。

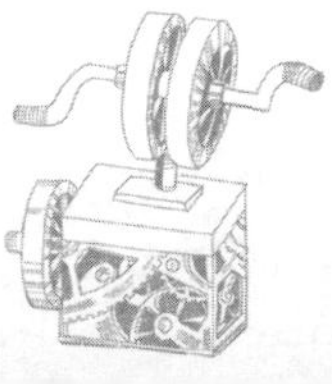

“你真是女孩啊？”他问，“可是你的一言一行简直就是男孩，而且长得也很像男孩。对不起，乔治。你的原名就是乔治吗？”

“不是的，我原名是乔治娜。”乔治回答道，稍稍缓解了一下理查德尴尬的道歉。同时乔治心里也喜滋滋的，因为理查德很诚实地认为她就像男孩子一样。她之所以表现得那么顽劣，就是因为想做男孩，而不是女孩。

“幸好我没有和你打架，”理查德热切地说，“要不然非得把你打趴下。”

“好啊，我可喜欢打架了！”乔治说着突然又燃烧起来，准备站起，朱利安又给她摁了下去。

“停，你们两个，都闭上嘴巴，别表现得跟白痴似的。地图在哪儿呢？咱们得看看地图确定今天都要做些什么，要骑多远，以及晚上露营在何地。”

不错的是，乔治与理查德终于互相妥协，握手言和。于是，六个小脑袋——包括提米的——都开始认真看地图。最后，朱利安做出了决定。

“我们要向中峡谷森林进发，看，就在那儿。就这么定了。接下来的骑行之旅肯定特别有趣！”

也许，接下来会是一段快乐的旅行。不过呢，应该还会发生更多有趣的事情！

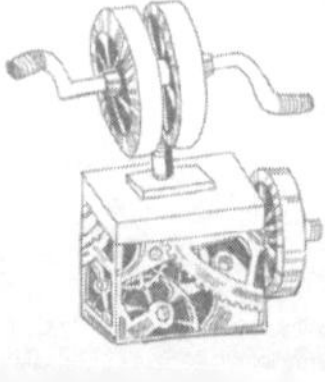

想想吧

1、男孩的名字是?

2、男孩的爸爸性格如何?

3、男孩说自己有很多狗狗，是真的吗?

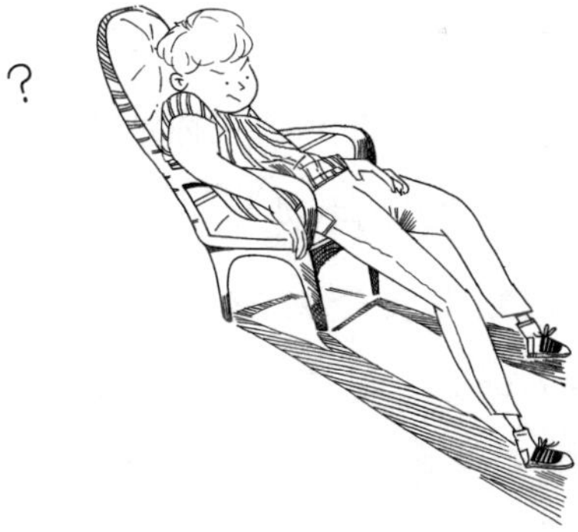

第五章 5+1=6

“看这里，”吃完早饭，他们收拾干净，埋掉部分垃圾，检查好自行车轮胎，理查德说，“看这儿，我有一个姑姑家就在那片树林中。如果我说服我妈妈加入你们，你们会同意吗？然后，我还可以顺道去看望一下我的姑姑。”

朱利安满腹狐疑地看着理查德。他觉得理查德很难得到他妈妈的允许。

“好……如果时间不会太久的话。”他说，“当然，我们不介意你的加入。我们可以在你姑姑家那边接上你。”

“我现在就回去问我妈妈。”理查德已经奔向他的自行车，急切地说，“那我们就约在克罗克之角见面——地图上有那个地方——会比较节约时间，那样我就不用返回到这里了。那里离我家不远。”

“没问题。”朱利安说，“我还得调整一下我的车

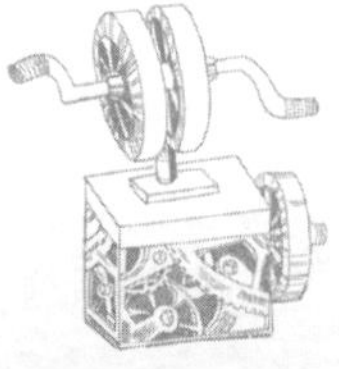

闸，预计要花费十分钟左右。你赶紧回家获得批准吧，晚点再加入我们。我们会等你的。在克罗克之角，我们至少等你十分钟。如果到时候你没有出现，那么就代表着你没被批准。记得告诉你妈妈，我们绝对会在你姑姑家那里等你。”

理查德跨上自行车，箭一般冲了出去。他看起来兴奋极了。安开始收拾行囊，乔治也一起帮忙。提米则是瞎添乱，到处嗅着寻找面包屑。

“你们肯定都会觉得它快要饿死了，”安说，“它早餐吃得比我还多。提米，如果你再在我的两腿之间乱窜，我就要把你捆起来了！”

在狄克的帮助下，朱利安调整好了他的车闸。十五分钟之后，他们已经可以再次出发了。他们已经规划好去哪里购买午餐要吃的食物。尽管到达中峡谷森林的旅途比昨天预计的路程要长了一些，但是他们认为，他们有足够的精力多走一些路。提米也殷切盼望着赶快出发，它的个头是那么大，多走走路会让它更加兴奋。

“多走路有助于你减肥。”狄克对提米说道，“你也知道，我们可不喜欢肥嘟嘟的狗。它们走起路来摇摇摆摆的，还呼哧呼哧的。”

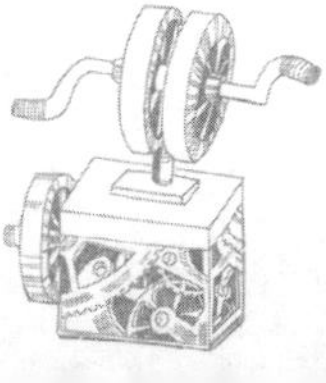

狄克又像往常一样捉弄乔治了。可是乔治仍旧忍不住又生了气。为什么每当狄克拿提米嘲笑她的时候，她总是控制不住自己呢？她“狠狠地”捶了狄克一拳。

大家都骑上了自行车。提米快乐地跑在最前方。走到一条小路，他们迅速驶过，以免陷入车辙里。接着，来到了马路上，不过这不是一条主干道，孩子们并不喜欢。因为这种路上车流量会比较大，而且灰尘多。他们更喜欢那种林荫小路或者乡间公路，那里只会偶尔遇到一辆马车或者农民的小汽车。

“接下来，我们要注意不能错过了克罗克之角。”朱利安吩咐道，“根据地图显示，它就在这条路上。乔治，如果你又陷入了车辙里，我们可能就要抛弃你了。”

“收到，我会注意的。”乔治说，“我也就发生过一次，主要因为提米。为了追一只兔子还是啥的，它在我的车轮下面乱跑。提米！你个小傻瓜，不要掉队了！”

提米不情愿地在队伍后面跳了一下。提米很纳闷，运动是极好的，可是并不意味着要对路旁不计其数的好闻的气味置之不理吧。提米心想，真是太可惜了！

他们到达了克罗克之角，比预想中的要提前了一些。有一个路牌指示着那个地名。此时，理查德已经骑坐在自行车上，正倚在路牌边朝他们嘻嘻地笑呢。

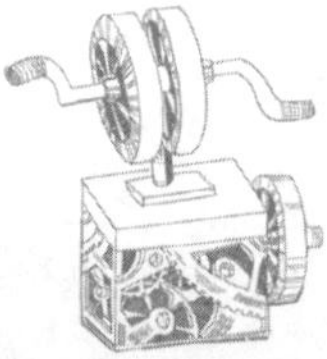

“先回家又赶到这里，你也太神速了吧。”朱利安说，“你妈妈怎么说？”

“只要我和你们在一起，她一点都不担心。”理查德说，“她说，晚上我可以去姑姑家过夜。”

“你是否带了睡衣裤以及其他的行李？”狄克问。

“我姑姑家一直都有我的备用品，”理查德解释说，“棒极了！能够独自出门，再和你们待上一整天，简直是不可思议。没有洛马科斯，没有乱七八糟的烦心事。我们出发吧！”

集合完毕，他们一起出发了。理查德希望三个人能并排骑，朱利安警告他，那样是不允许的。“我才不管呢！”理查德哼唱着说，他看起来兴致颇高，“再说了，马路上哪里有人阻止？”

“我，会阻止你。”朱利安说。理查德立马停止了嬉笑。如果有需要，朱利安可以表现得非常严厉。狄克朝乔治眨眨眼，乔治也同他眨眨眼。他们一致觉得，理查德被宠坏了，而且任性妄为。不过，如果他要顶撞朱利安，那么门儿都没有呢！

上午十一点左右，他们停了下来，准备吃个冰淇淋，喝点饮料。理查德貌似很有钱。他坚持要请所有人的客，包括提米。

同样，他们购买了午餐所需要的食物——新的面包、农庄黄油、干酪、脆生菜、胖乎乎的水萝卜，以及一扎青葱。理查德在一家高档蛋糕店买了一个相当不错的巧克力蛋糕。

“天哪！那个蛋糕很贵吧！”安问，“但是我们怎么拿呢？”

“汪！”提米馋涎欲滴地叫了一声。

“绝对不，我可不会让你来帮忙拿的。”安说，“哎呀，我想，咱们得把它切成两半，两个人就能拿得住。这个蛋糕实在是太大了。”

他们继续前进，然后就走进了真正的乡间，间或能看到一些村庄。时不时地，山腰处会出现一些农场，牛羊之类的家禽穿梭其间。阳光洒了下来，照在大地上，一切都是那么平静、和谐。四月的蔚蓝色的天空高高在上，大块大块的白色棉花般的云朵点缀其中。

“真是美极了。”理查德说，“我说，提米是不是累了？我感觉它好像气喘吁吁的。”

“是的，我们该找个地方吃午饭了。”朱利安抬手看了一下手表，说，“今天上午，我们的进度还不错。可能主要是因为许多路都是下坡。今天下午估计速度会慢一些了，因为接下来要进入丘陵地带。”

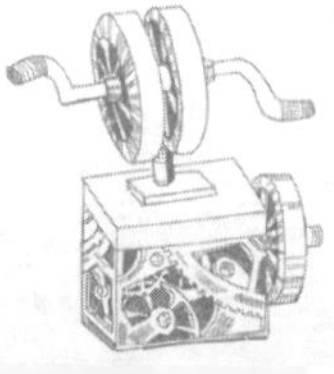

他们找到一处野餐点。他们选择坐在树篱的朝阳处，这样能够俯瞰一个小小的峡谷。绵羊与小羔羊就在他们四周。小羔羊表现得非常亲切，一看到他们，就跑过来朝安咩咩咩地叫唤。

“你要不要吃点面包？”安问道，一边举着面包块。提米则在一旁不满地看着。怎么能把食物给这种小东西吃呢！它忍不住低声吼了一下，乔治立马朝它嘘了一声。

很快，小羔羊们都聚了过来，围成一个圈。它们毫无惧色，有一只甚至还要把前腿伸到乔治的肩膀上！这一切都让提米无法忍受了！它突然可怕地吼叫一声，吓得小羔羊们一下子逃散而去。

“噢，提米，不要这么小气嘛。”乔治说，“给你一块三明治，去吃吧。现在你把小羔羊们全部吓跑了，它们不会再来了。”

吃罢午饭，他们又喝了一些酸橙汁和姜汁啤酒。才四月，但是天气已经很热了，他们的皮肤很快就会被晒成棕色。多么神奇啊！朱利安懒洋洋地认为，能遇上这样的天气简直再幸运不过了——总比骑车的时候下一场暴雨好！

在午后阳光的照耀下，孩子们需要午睡一下了，

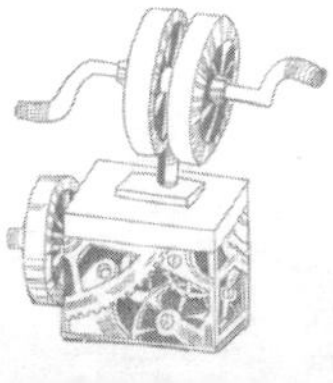

包括理查德。与此同时，那些小羔羊就围着他们跳来跳去。有一只居然跳到了朱利安的身上。朱利安睡得正香，一下子坐了起来把它拉下身去。“提米！”他怒不可遏道，“如果你再爬到我身上，我就……”

然而，并不是提米，只是一只小羔羊！朱利安禁不住笑了起来。他坐了几分钟，看了看这群白色的小羔羊围着一只鸡笼玩着“我是城堡的主人”的游戏，又躺下了。

“我们是不是快要到你姑姑家了？”午休之后，他们骑上车子再次出发时，朱利安问理查德。

“如果接近了大吉丁村[1]，那么就要到我姑姑家了。”理查德回答道。就在这时，他从车把上松开双手，结果是几乎翻车到沟里。“不过我好像没在地图上看到那个地方。”

朱利安使劲儿想了想，说：“是的，预计下午茶时间我们会抵达大吉丁村，五点钟左右吧。如果你想在你姑姑家喝茶，那就去吧，我们不介意。”

“噢，不了，谢谢你们。”理查德迅速答道，“比起喝茶，我更愿意和你们在一起。我真希望整个旅途都

① 大吉丁是一个小村庄和民间教区，在英国英格兰东部区域剑桥郡亨廷顿郡，位于亨廷顿郡西北。（译自维基百科）

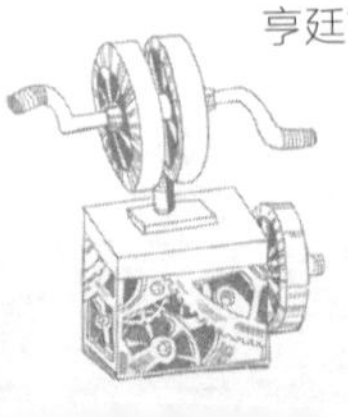

在午后阳光的照耀下，孩子们需要午睡一下了

能和你们在一起。不过好像有点不可能，你们可以给我妈妈打个电话问一下。”

“别蠢了。”朱利安说，“如果你想，那么可以和我们一起喝下午茶。但是，路过你姑姑家时，我们就要按照约定把你留下，明白吗？这是毫无疑问、不容商量的。”

下午五点十分左右，他们到达了大吉丁村。尽管名字里有个“大”字，可是这个村子相当小巧。他们发现一处名叫“家庭烘焙蛋糕甜品店”的茶坊，于是他们就进去喝下午茶。

店里的老板娘是一个开朗乐观的胖大婶，她非常喜欢孩子。除了茶水，她觉得自己并不能为这五个健康、可爱的孩子再提供多点什么——但是那又有什么关系！她随即动手切了三大块用上好黄油做的面包片，抹点杏子酱，再撒上一些树莓、草莓；然后又拿出了令孩子们直流口水的家庭自制圆面包。

她与理查德相当熟稔，因为理查德和他的姑姑会经常光临这个小店。

“我想今天晚上你要住在你姑姑家了吧？”她问理查德。

理查德点点头，嘴巴里塞满了姜汁蛋糕。真是一

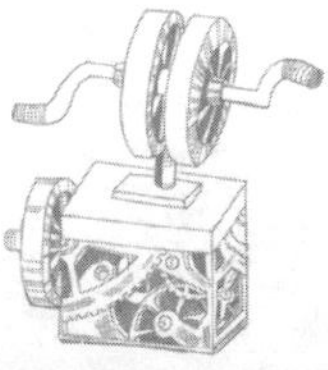

份惬意的下午茶。安感觉自己应该吃不下晚饭了。即使是提米，好像也吃得心满意足。

“我觉得我们应该为这顿丰盛的下午茶付你双倍的价钱。”朱利安说。可是胖大婶说什么也不要。看到孩子们吃得那么香，她喜欢得不得了。她说什么也不要双倍的钱！

“总有一些人是无比善良与慷慨的，”当他们再次跨上自行车出发的时候，安说，“会让你禁不住喜欢上他们。等我长大了，我真希望自己也能成为一个像她那样的烹饪高手。”

“如果真是这样了，那么朱利安和我就要永远和你住在一起，永远不结婚了！”狄克当即说，引得众人哈哈大笑。

“好像快到理查德的姑姑家了，”朱利安说，“理查德，你知道是哪家吧？”

“当然。就在那儿！”理查德说着就朝一扇大门冲去，“衷心感谢各位的陪伴！希望我们能很快再见！我有预感！拜拜！”

很快，他就骑着车子消失在大家的视线里。

“好突然的‘再见’！”乔治疑惑地说，“是不是很奇怪？”

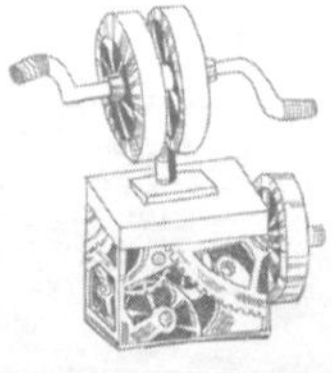

想想吧

1. 谁的车闸需要调整一下？
2. 几个孩子约定在哪里碰头？
3. 理查德“计划”要去看望谁？

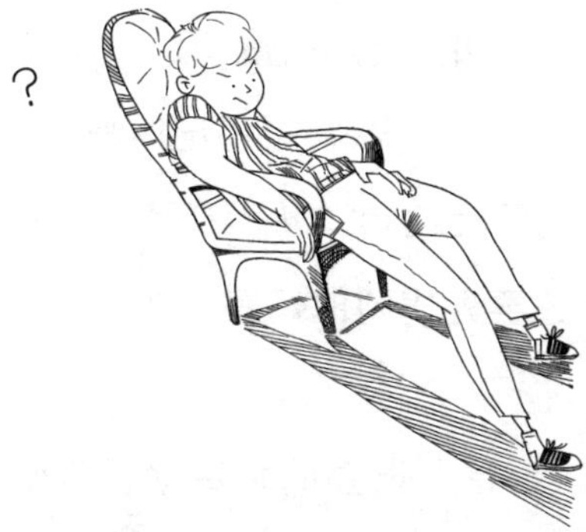

第六章　怪事连连

听着理查德那句漫不经心的“再见”，所有人都觉得他的突然消失的确有点蹊跷。朱利安寻思着是不是应该陪他一起过去，然后安全地把他送到他姑姑家里。

“朱利安，你别蠢了！”狄克嗤笑道，“从栅栏门到房间门口，你觉得还能发生什么？”

“应该不会发生什么。只是，我有点不太相信那家伙。”朱利安说，“说实话，我相当怀疑他是否就和我们一起出行一事和他妈妈商量了。”

“我也有同感。”安说，“还记得吧，他在很短的时间内就到了克罗克之角。然而那可是一段不短的路程呢，而且他还要先找到他妈妈，然后和她商量，以及其他事情。”

“是的。我有点想去他姑姑家看看她是否正在等着他。”朱利安说。可是他转念一想，还是不要去了。

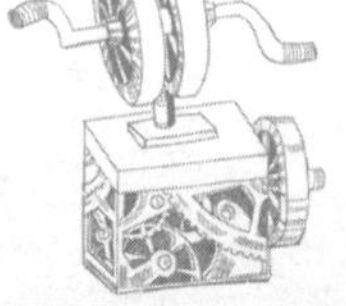

如果理查德就是和他姑姑好好地待在一起，他去了岂不是多此一举？这样一来，他们肯定也会觉得应该邀请他以及狄克、乔治等人到家里做客。

所以，经过几分钟的讨论，他们决定继续前行。他们希望能尽快到达中峡谷森林。因为大吉丁村与中峡谷森林之间没有任何村庄，无法让他们找到一个农场买些晚上要吃的食物以及第二天的早餐。在大吉丁村的时候，因为接近打烊的时间，他们没有买到食物。而且，他们也很不好意思在那个喝茶的蛋糕店买——毕竟他们已经吃得够多了！

不久，他们顺利抵达中峡谷森林；而后找到了一处可供晚上宿营的地块。那是一处小山谷，周遭遍布着报春花和紫罗兰。真是一处理想又完美的藏身地，远离别人的窥探，甚至是流浪汉都不会知道此地。

“非常棒，”安说，“我们距离四周应该都有几英里远。不过，我希望能够找到个农场或者其他能买到食物的什么店。我明白大家现在都不饿，可是晚点肯定会饿的。”

“不好，我感觉我的车子被扎了一个孔。”狄克看了看他的后车轮，说，“幸运的是，孔好像不是很大。但是我不想在修好车胎之前，再冒险骑着它去寻找农场。”

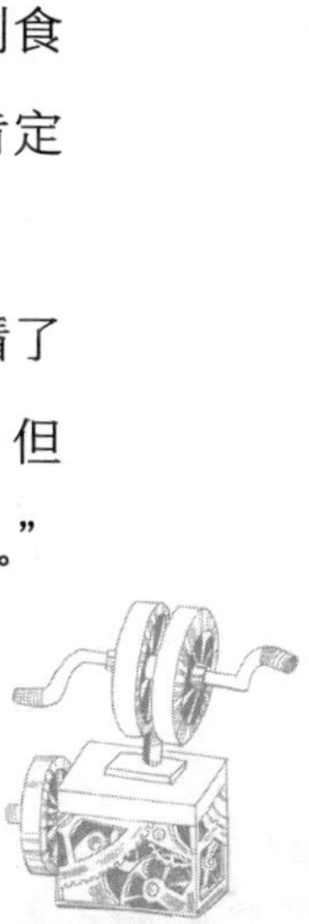

“好，”朱利安说，“安也不要跟着了，她看起来有点累。我和乔治去。我们也不打算骑车。若要穿过树林，步行会更容易一些。我们预计需要半个小时左右，你们无须担心。提米绝对认识回来的路，所以我们不会把你们弄丢的！”

商量完毕，朱利安和乔治步行出发了，提米在后面跟着。其实提米也挺累的，但是它绝对不会留下来和狄克与安待在一起。它是必须要和它的主人、它挚爱的乔治形影不离的啊！

安把她的自行车放到旁边灌木丛里面。请当心，你永远不会知道周围或许有一个乞丐，正在虎视眈眈地盯着你。如果提米在旁边，就不会发生这样的事了。因为在一英里之内若有陌生人靠近，它绝对会有所警觉。狄克大喊着他要动手修理车胎上的小孔了。他已经找到了洞眼所在，有一只小钉子扎了进去。

安坐在狄克旁边，静静地看着。她很开心能休息一会儿。与此同时，她也在想着朱利安与乔治是否已经找到了一个农场。

狄克全神贯注地修理着车胎上的洞眼。不知不觉间，时间已经过去了半个小时，直到他们仿佛听到了什么声响。

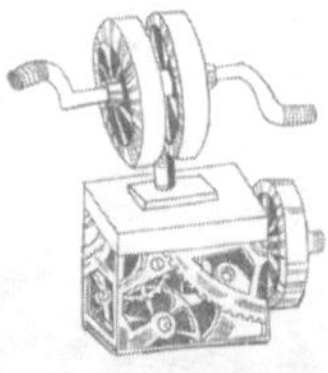

狄克仰起头，竖耳听了听。“你有没有听到什么声音？”他问安。

安点点头。

“是的，有人在喊叫。好奇怪！”

他们再次凝神听了听。而后他们清清楚楚地听到了叫喊声。“救命，朱利安！你们在哪里？救命！”

他们倏地站了起来。是谁在向朱利安求救？不是乔治的声音。就在这时，呼喊声又大了一些，听起来尖锐刺耳，极度恐慌。

“朱利安！狄克！”

“怎么回事，一定是理查德！”狄克惊讶道，“他到底要做什么？发生什么事了呢？”

安吓得脸色苍白。她讨厌突如其来的事情，就像这样。“我们……我们是不是要去找找他？”她问道。

就在不远处，发出一阵阵嘎吱嘎吱声，好像有人正在费力地穿过灌木丛朝这边走来。树林中漆黑无比，安和狄克刚开始什么也看不见。突然，狄克大叫一声：

“嘿！是你吗，理查德？我们在这儿！”

林木的哗哗声持续增强。“我来了！”理查德尖叫道，“等等我，等等我！”

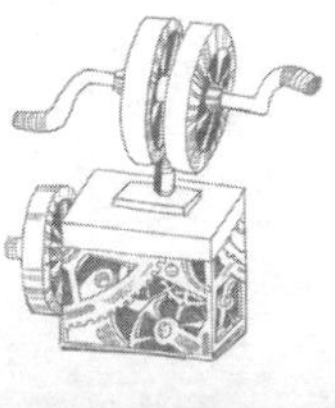

安和狄克原地不动，等着他。很快，他们看到了理查德。他正在以最快的速度磕磕绊绊地朝他们走来。

“我们在这儿，”狄克叫道，“发生什么事了？”

理查德踉踉跄跄地来到他们面前。他看起来极度恐慌。“他们在跟踪我，”他气喘吁吁地说，“你们一定要救救我。我需要提米。它能咬他们。”

“谁在跟踪你？”狄克有点莫名其妙。

“提米去哪儿了？朱利安在哪儿？”理查德哭喊着，绝望地环顾四周一圈。

“他们去找农场买食物了，”狄克说，“应该很快就会回来了。理查德，到底发生什么事了？你疯了吗？你看起来糟糕透了！”

理查德对狄克的问题全然不顾，仍在不断喊着：“朱利安呢？我需要提米。告诉我他们去的地方。我不能待在这儿。他们会抓到我的！”

“他们从那里走的。”狄克无奈地说，一边伸手指着一条路，“理查德，你应该可以看到他们的鞋印。理查德，你到底……”

狄克话还没说完，理查德已经消失了。他飞速跃上那条路，以最高的嗓门狂叫：“朱利安！提米！”

安和狄克待在原地面面相觑。理查德到底怎么

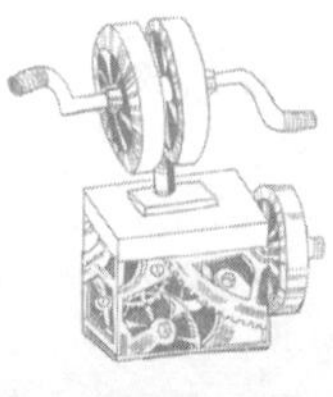

了？他怎么没在他姑姑家呢？他一定是疯了。

“我们最好不要去追他。”狄克分析道，“那样的话，我们可能会迷路，再也回不到这个地方了。朱利安和乔治也会找不到我们，而后再去找我们，然后也会走丢！天哪，理查德到底是怎么了！”

“他一直说有人在追他——他们在追他！”安说，“他好像在演戏。”

“他就像钟楼里的蝙蝠，”狄克说，“疯疯癫癫，昏头昏脑，愚笨可笑！好了，如果他能找到朱利安和乔治，保准会把他们吓一跳！不过他能找到他们的概率几乎为零。”

“我要爬上这棵树，看看能否发现理查德或者朱利安他们。”安说，“虽然很高，但是挺好爬的。你去继续修车子吧。我还真想知道理查德到底遇到什么事了。”

狄克困惑不解地返回他的车子旁。安开始爬树了。她的技术真不错，很快就爬到了树顶。蹲在树上，她可以一览乡村的景色。一边是广袤的农田，一边是茂密的森林。望着黑漆漆的田地，她竭力想找到一个农场，然而她什么也没看到。

听到树林里传来第二阵声响时，狄克刚好把车胎修好。难不成是笨蛋理查德回来了？他仔细听着。

声音越来越近了。听起来不像是理查德制造出来的嘎吱嘎吱的噪音，反而像一种鬼鬼祟祟的声音，好像有人在偷偷摸摸地靠近。狄克不喜欢这种感觉。谁来了呢？或者，又发生了什么事？会不会是野生动物？也许是一只獾和它的配偶？狄克站了起来，继续听着。

突然，四周安静了下来。没有了任何声响。没有了沙沙声。难道是幻听？他多么希望安以及其他人就在他身边。孤身一人站在伸手不见五指的树林里，狄克蓦然觉得有些瘆人。他就这么等着，等着……

他确定自己刚才出现了幻听。他寻思着，打开自行车的照灯，兴许能帮他驱散刚才的那番假想。他在自行车的车把手上摸索着找到车灯，而后拧开，一道柔和的微弱而暗淡的光立马在这个小小的山谷中蔓延出一道光圈。

当狄克正要告诉安他刚才荒唐可笑的恐惧感时，沙沙声重新来袭！这一次，狄克确信无疑，的确有声音。

一道强光瞬间穿过树林直射到狄克身上。他眨眨眼睛。

“哼，小可怜，原来你在这儿！”一个恶狠狠的声音传来，随之有人大踏步地来到山谷中，后面还跟着

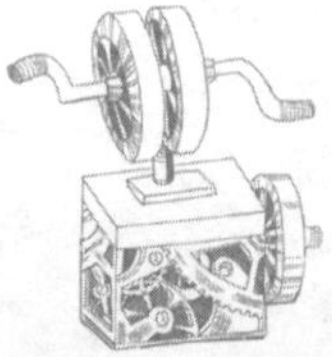

一个人。

“你说什么？”狄克简直摸不着头脑。由于眼睛被对方手电筒刺眼的光照着，他无法看清对方的面孔。

“我不明白你在说什么。”狄克提高声调，大胆地说，“你们是谁？”

“你很清楚我们是谁，”刚才的那个声音回答说，“看到鲁奇的时候，你不是还边跑边叫吗？他跟在你后面追你，而我们走了另外一条线路——这不，终于抓到你了！现在，我的小宝贝儿，乖乖跟我们走吧？”

听完，狄克恍然大悟。事实摆在面前，就是这群人在追理查德，不知什么原因。第二个情况就是，他们误把他当作了理查德！

“我不是你们要找的人。”狄克说，“不准碰我，否则要你们好看！”

“你叫什么名字？”依旧是那个声音问道。

狄克如实回答了。

“噢，原来你是狄克——狄克不就是理查德的简称吗？不要把我们当作三岁小孩，”那个声音说，“绝对没错，你就是我们要找的理查德。理查德·肯特，听到没？”

“我不是理查德·肯特！”狄克大叫，他的手刹那

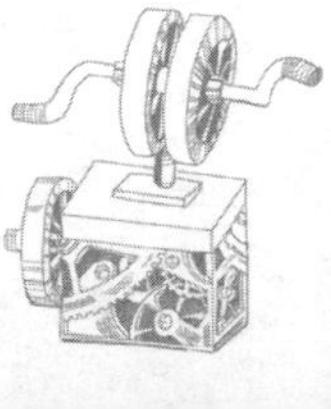

间被另外一个人攫住，“你把手拿开。等警察来，真相自然大白！”

“警察才没工夫听你说，”那人说道，“他们也不愿意听！你给我过来，闭上嘴巴，不要做无谓的挣扎，否则我们就不客气了！等到了鹰谷，我们会好好招待你！”

安坐在树上看到下面发生的一切，早已吓得目瞪口呆。她既不敢动，又不敢说话。她试图喊一声可怜的狄克，可是舌头却不听使唤，只是傻傻地坐在树上，看着哥哥被两个奇怪的陌生人连拖带拽地绑架走。惊恐之余，她差点从树上摔下来。狄克被拉走的时候，她能听到他的大呼小叫声，这个声音在她的耳边回荡许久。

她开始大哭。她不敢爬下树来，因为她已经吓得浑身直哆嗦，根本无法抓住树干，害怕会一头栽下来。

她必须等着乔治和朱利安回来。可是万一他们不回来了呢？万一他们也被抓走了呢？这个漫长的夜晚就要靠她自己了！安坐在树顶低声抽泣，紧紧地抓着树枝。

此刻，万籁俱寂，星星已经悄悄地缀满天空。安

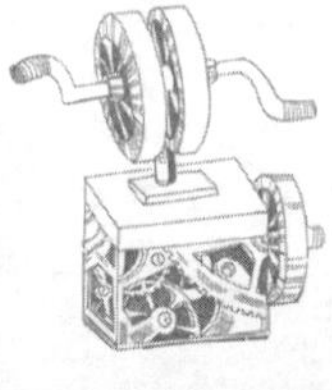

一仰头，就看到了最亮的那一颗。

而后她依稀听到碎碎的脚步声和说话声。她的肢体已经僵硬。来人会是谁呢？希望是朱利安、乔治和提米，希望是朱利安、乔治和提米！

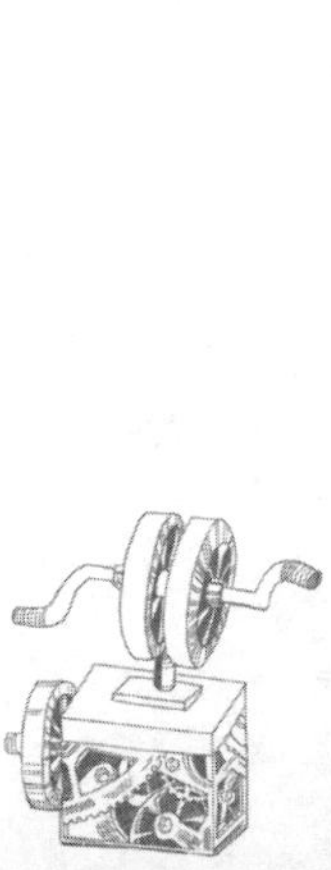

想想吧

1. 孩子们晚上要在哪里宿营？
2. 谁的自行车轮胎被扎了一个孔？
3. 都有谁去买食物了？
4. 安爬到了哪里？

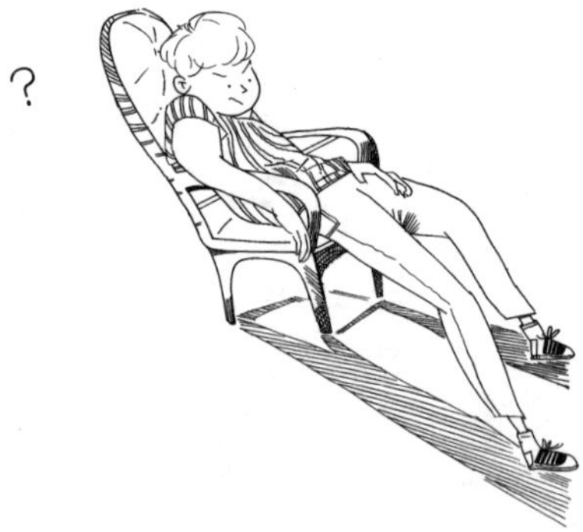

第七章　理查德的恐怖历险记

朱利安与乔治成功地在一个隐蔽的山谷中找到一家农场。当他们走进农场时，一群狗止不住地叫唤着。提米不甘示弱，发出低沉的怒吼，鼻子上的毛发直竖起来。乔治拉起它的项圈制止它。

“有提米在，我绝对不能再往前走半步了。”她说，“而且我也害怕那三只狗攻击它。”

因此，朱利安独身一人走进了农场。刚踏入院子里，那三只狗继续狂吠不已，看起来相当凶残，朱利安不得不止住脚步。他本人是一点都不害怕狗，可是当下的这三只狗看起来令人非常不快，特别是其中那只庞大的没有牙齿的杂种狗最嚣张。

一个声音传了出来：“你，请即刻离开！我们不欢迎陌生人。一有陌生人光临，我们的鸡和蛋都会减去大半！”

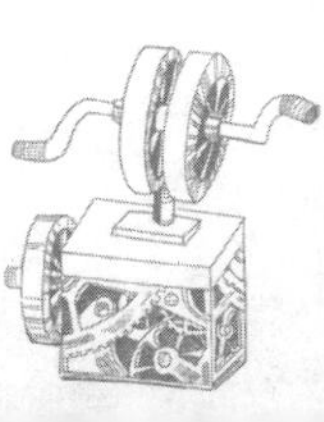

“晚上好，”朱利安礼貌地问候道，“我们是四个小孩，今晚在旁边的树林里露营。您能提供给我们一些食物吗？我们会付钱的。”

静默了片刻，一个男人把头从窗户外面缩了回去，很显然，他在和屋里的人说话。

过会儿，他又伸出了脑袋。“刚才已经和你说了，我们不和陌生人打交道。从来都不。我们只有白面包和黄油，可以给你们提供一些熟鸡蛋、牛奶和少许火腿。就这些。”

“哇，足够了。”朱利安欣喜道，“正是我们想要的。我能过去取一下吗？”

“当然可以，如果你想被那几只狗撕成碎片。”男人的声音再次传来，“你就原地待着吧。等鸡蛋熟了，我给你送出去。”

“真没劲，”朱利安出了院子，朝乔治走去，“咱们要在这里无聊地等待一会儿了。那个人好差劲！我觉得他这个地方不咋的，你觉得呢？”

乔治十分同意朱利安的说法。这里破败极了，谷仓是塌的，生锈的机器在厚厚的玻璃后面随意扔着。三只狗持续不停地狂吠，可是他们没有一人出来看看。乔治的手一直紧紧摁着提米。提米气得简直要炸

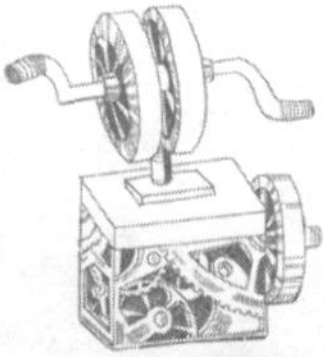

毛了！

“这个地方太凄凉了，”朱利安说，“我猜方圆几英里应该没有其他人家了。肯定连个电话都没有。你说，如果有人不幸逝世或者遇到突发事故而需要帮助，他们会咋办呢？”

“真希望他们快点把食物给到我们，”乔治失去了耐心，说，“天很快就要黑了。而且我也饿了。”

终于有一个人从那个摇摇欲坠的房屋里走了出来。此人蓄着胡子，驼背，苍老，头发凌乱，而且一瘸一拐的。他面容丑陋，且阴森森的。朱利安和乔治都不喜欢他。

“给你们。”他说，一边挥着手把三只狗赶到身后，“你，后面待着去！”这个男人对准离自己最近的那只狗，使劲踢了一脚。那狗随即发出痛苦的嚎叫。

“噢，不，”乔治说，“你伤到了它。”

“这是我的狗，难道不是吗？”那个男人气呼呼地说，“少在这里多管闲事！”他又踢了另外一只狗一脚，并凶狠地看了乔治一眼。

“食物呢？”朱利安朝那个男人伸出手。在提米和那几只狗爆发争执之前，朱利安真害怕食物会被拿回去，于是他转头对乔治说：“乔治，你把提米拉远点

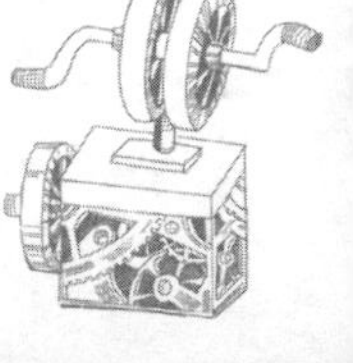

儿。它正在激怒那几只狗。”

“哼，我喜欢这样！”乔治回应道，“明明是这几只狗在激怒它！”

她拽着提米后退了几步。提米站在那里，气得脖颈上的毛发直竖，可怖地狂吠不已。

朱利安伸手接过那份制作粗糙、装在老旧的棕色纸张里的食物。

“谢谢。”朱利安说，“请问多少钱？”

“五英镑。”那个男人令人吃惊地说。

“别开玩笑了，”朱利安说，迅速瞥了一眼食物，“我最多付一英镑，也就值这些。这里面几乎没有火腿。”

“我说了五英镑。”男人阴沉道。

朱利安看看他。“他肯定是疯了！”他心想。

朱利安把食物退回给那个丑陋的家伙。

“好，请拿回去，”他说，“我没有那么多钱，只有一英镑。再见了。”

男人又把食物推了过来，一边默默地伸出另一只手。朱利安迅速从口袋里摸出来一英镑的硬币，放到了对方脏兮兮的手中。朱利安很纳闷儿，刚才他怎么就敢开口要那么大一个数目？男人把硬币放进了他的口袋里。

“赶紧滚。”他突然咆哮道，“我们不希望有陌生人出现在这里，来偷窃我们的食物。如果你们胆敢再来，我就放狗了！”

朱利安转身就走。他真有点害怕这个古怪的老人会放狗咬他。朱利安和乔治离开了农场，那个男人还站在半明半暗的阴影里高声骂他们。

“我的天！打死我也不会再去那个地方！”乔治盛怒道，“他简直就是疯帽匠[1]。”

“是的。我对他们做的饭一点都不感兴趣。”朱利安说，“不过呢，这是咱们今晚上所有的收获了。”

他们跟在提米后面回到了树林里。他们很庆幸有提米相伴，要不然他们肯定会迷路。但提米是记得路的。都说老马识途，提米也是识途的。现在，它继续跑着，沿途嗅着气味，时不时停下来等着朱利安和乔治。

忽地，它紧绷着神经，轻柔地发出低沉的吼叫声。乔治把手放到提米的项圈上，安抚着它。一定是有人来了。的确是有人来了！是理查德来寻找他们了。理查德依然一边跑，一边大喊大叫着。叫声早已被提米灵敏的耳朵捕捉住。很快，朱利安也听到了，乔治也

---

① 疯帽匠（the mad hatter），《爱丽丝梦游仙境》中的人物，性格怪诞、疯癫。

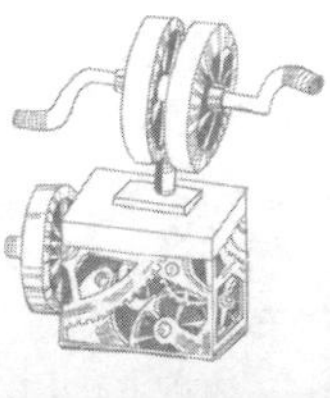

听到了，提米立在原地不动，静静等着。

“朱利安，你们在哪儿？提米在哪儿？我需要提米！我和你说，他们在追我；他们在追我啊！”

“听——像是理查德的声音。”朱利安吓了一跳，说道，“他到底在搞什么鬼？为什么会那样大声叫着?！走，我们必须查明真相。肯定有事情发生。我希望狄克和安可别出什么意外。”

在昏暗的暮色中，他们沿着道路迅速跑起来。很快，他们遇到了理查德。此时的理查德已经停止喊叫，磕磕绊绊地朝他们走来，一边伤心地呜咽着。

“理查德！发生什么事了？”朱利安大喊道。理查德跑向朱利安，一头栽倒在他的怀里。提米没有冲上去，而是吃惊地站在旁边。乔治透过昏暗的光线，迷惑地盯着理查德。这到底是怎么了呢？

“朱利安！噢，朱利安！我要吓死了！”理查德上气不接下气，抓着朱利安的胳膊说。

“冷静一下。”朱利安平静地说。这一招确实在理查德身上起了作用。

“我敢打赌，你肯定是在演戏。发生什么了？你姑姑不在家？还是……你就这么跑着追我们来了？”

“我姑姑出门了。”理查德说，语调稍微平稳一些，

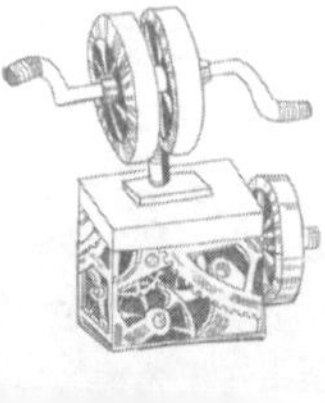

“她……”

“出门了?！”朱利安惊讶道，“可你妈妈不是说让你去你姑姑家，她怎么会……”

“其实我并没有得到妈妈的允许，”理查德哭了，“我甚至都没有回家，而你们却认为我回了。我就是直接骑车到了克罗克之角，然后在那里等你们。我好想和你们一起。而且你们知道，我妈妈肯定不会答应的。”

理查德说这些的时候，颇有虚张声势的意味。朱利安很讨厌这样。

“我为你感到羞愧，”他说，“竟然和我们说谎！”

“我并不知道我姑姑外出了……”理查德说，当听到朱利安充满蔑视的话语，他刚才陡增的自大一下子烟消云散。“我想她应该在家啊，然后让她给我妈妈打个电话，说我要和你们一起出门旅行来着。然后，我就想，这样就能跟在你们后面，然后……”

“那么现在你告诉我们你姑姑出门了，然后你就可以跟我们走了？”朱利安依旧轻蔑地说，“一个狡诈又荒谬的计划。我立马就送你回去。你应该能想到这一点。”

“是的，是的，我知道。可是，今天晚上，我估计必须要和你们一起露营了。”理查德低声说道，“我从没做过这样的事情。我……”

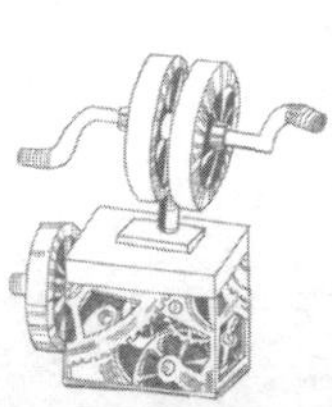

“我想知道的是，刚才你向我们跑过来时又喊又哭的，到底是为什么。”朱利安烦躁地说。

“天哪，朱利安。太恐怖了！”理查德说着再次紧紧抓住朱利安的胳膊，“你看，后来我不是骑车到我姑姑家门口嘛，然后我拐上了一条小路，想沿着那条路去中峡谷森林。就在那时，我遇到了一辆小汽车，我竟然看到了车里的人！”

“哦，是谁？”朱利安问道，语气感觉好像能吓到理查德。

“是——鲁奇！”理查德颤抖着说。

“他是谁？”朱利安问。乔治也不耐烦地哦了一声。难道理查德就不能一次把事情讲清楚吗？

“你忘了吗？我和你说过。他就是那个去年我爸爸给我找的保镖，长着薄嘴唇、大鼻子，后来被我爸赶走了。”理查德回应道，“因为我跟爸爸撒了谎导致他被炒鱿鱼，后来他一直到处发誓说要伺机找我爸爸寻仇，还有我。所以当看到他坐在车里的时候，我都要吓死了！”

“原来是这样。”朱利安语气稍缓了一些，“然后呢？”

“鲁奇认出了我。他调转车头开始追我。”一回想起那声可怕的鸣笛声，理查德又开始瑟瑟发抖，“我使

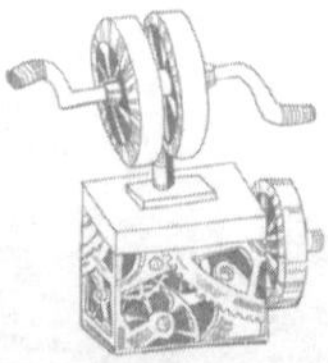

出吃奶的力气用力蹬自行车，直到中峡谷森林，驶入丛林里的一条路，希望那辆车没有跟上我。后来，车的确没有跟上我，可是车上的人却跳了下来。他们一共是三个人，其中两人我还不认得。他们开始跑着追赶我。我拼命蹬啊蹬啊，后来冲到了一棵树或者其他什么东西里，一下子连人带车摔倒了。接着我把车子扔到了灌木丛里，自己钻进了茂密的矮树丛里。”

“继续，”理查德停顿了一下，朱利安接着问，“接下来发生了什么？”

“他们分头行动了。鲁奇自己一路去找我，另外两人一起走了另一条路。我就在矮树丛里待着。直到我以为他们已经走远了，才轻轻地钻了出来，然后飞快地跑到大路上，希望能找到你们。我需要提米，你知道的，我认为提米肯定会冲上去和他们拼命。”

提米汪了一声。它当然会冲上去！

“其中那俩人肯定就在附近藏着，伺机等着我出来。”理查德接着说，“我一跑起来，他们就立马追了上来。我不停地躲躲藏藏，试图摆脱掉他们。再后来，我遇到了狄克！他正在修车。可是你没和他在一起——我迫切需要你和提米——我很清楚那俩人马上就要追上抓住我了！啊，终于，我终于找到你了！这

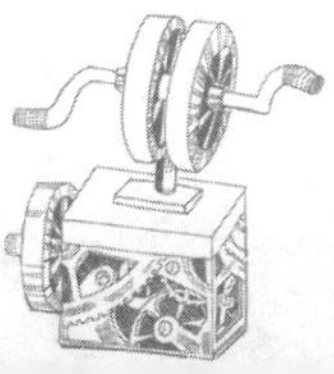

是我这辈子最快乐的时刻！”

这的确是一个不同寻常的故事——但是，朱利安几乎没有时间停下来思考。一声警钟在他脑海里敲响。狄克和安怎么样了？如果那两个坏人不凑巧正好撞到了狄克和安，会怎么样呢？

“快。”他对乔治说，“我们必须赶快回去找他们！快点！”

想想吧

1. 农场男人向朱利安索要多少钱？
2. 理查德说他遇到了谁？
3. 理查德为什么要逃跑？

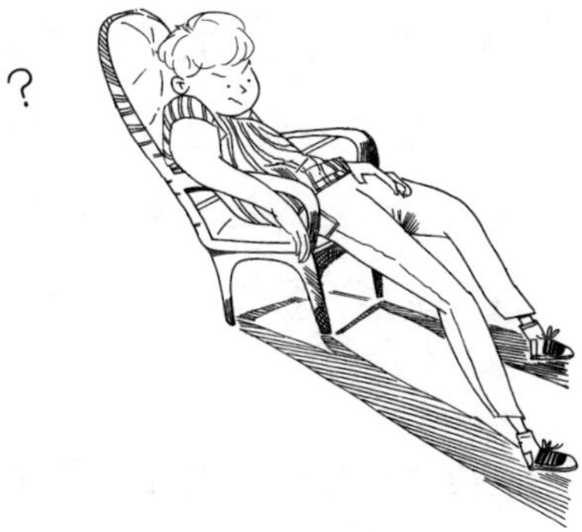

第八章　到底该如何是好?

磕磕绊绊地穿越漆黑的树林，朱利安和乔治尽最大所能急速赶路。提米也不甘落后，因为它仿佛能看出它的两位朋友可能出事了。理查德也随后跟着，但又开始抽抽噎噎地哭着。他真的被吓坏了。

最后，他们终于赶到了他们计划要过夜的小山谷。四周漆黑一片。朱利安大声喊道：

“狄克！安！你们在哪儿？”

乔治找到她藏自行车的地方。她摸索着找到车灯，并打开。她把车子搬了出来，上下左右照射着山谷。他们发现了狄克的自行车，车子旁边的地上散放着修车胎的一些工具。可是，狄克不在，安也不在！发生什么事了？

“安！”朱利安惊叫道，“狄克！到这里来，我们回来了！”

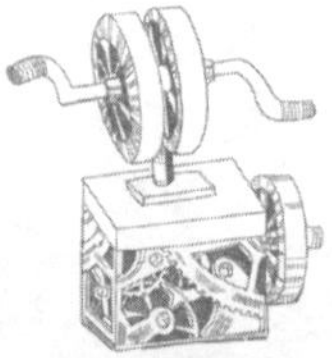

随后，一个低低的发颤的声音从他们头顶的树上传来。

“啊，朱利安！朱利安！我在这儿。”

“是安！”朱利安如释重负地大叫一声，“安，你在哪儿？”

“我在树上，”安回应道，她的声音明显稳定及提高了不少，“噢，朱，我从没这么害怕过。我不敢爬下去，我害怕摔倒，狄克……”

“狄克去哪儿了？”朱利安厉声问道。

安开始低声哭泣。“两个恐怖的男人过来了，他们把狄克绑走了。他们把他当作了理查德！”

说着说着，安由抽泣变为恸哭不已。朱利安发觉他必须尽快把安从树上接下来，好好安抚一下她。他对乔治说道：

“乔治，把车灯照到这儿，我要上去把安接下来。”

乔治默不作声，赶紧把车灯照上去。朱利安如猫一般，身手敏捷地爬到了树上。他来到安的身边。安的双手仍紧紧地抓着一个树杈。

“安，我帮你下去。来，过来，不用怕。我就在你下面。我踩哪根树杈，你跟着我就行。”

得到朱利安的帮助，安表现得异常高兴。她在树

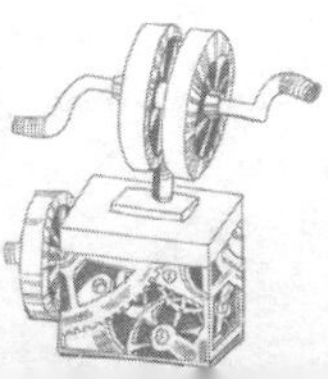

顶又冷又怕，她多么希望能和同伴们在一起！在朱利安的帮助下，她慢慢地从树上爬了下来，来到地面上。

安紧紧依偎在朱利安身边，朱利安也用胳膊环抱着他的妹妹。“没事了，已经没事了，安。我现在就在你身边。你看，这是乔治，这是我们的老伙计提米。”

“那是谁？”突然看到阴影中的理查德，安不由得问道。

“是理查德，他的表现糟透了。”朱利安冷冷地说，“都是因为他和他那愚蠢的行为才导致这一切的发生。好了，安，现在你就仔细而慢慢地告诉我们狄克与那两个男人都发生了什么事吧。”

安详细地说出了一切。提米卧在安的身边，不住地舔着她的手。这样真的让安宽慰很多！不论是谁遇到麻烦，提米总能知道。有朱利安温暖地环抱着，还有提米的舌头轻轻舔着，安感觉好多了。

“事实再明白不过了，”安把刚才的惊险经过讲完后，朱利安说，“那个叫鲁奇的男人认出了理查德，随后和另外两个人一起追他，并试图绑架他，伺机报复他爸爸。可是只有鲁奇认识理查德，他并不是抓住狄克的人。另外那两个不认识理查德的人抓住了狄克——为什么呢？听到狄克的名字，他们的脑海里应

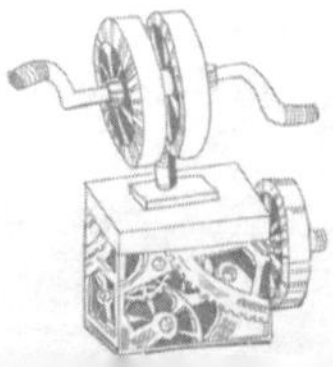

该一下子得出结论：狄克就是理查德——因为狄克是理查德的简称。”

“可是狄克分明告诉他们了，他不是理查德·肯特。”安认真地说。

“嗯，不过他们肯定以为狄克在撒谎。”朱利安分析道，“所以他们就把他带走了。对了，你刚才说他们要去的地方叫什么来着？”

“听起来好像是鹰谷。”安说，“朱利安，我们能去那里吗？如果你去告诉他们狄克不是理查德，他们会放了狄克吗？”

“会的，”朱利安说，“无论如何，一旦鲁奇那个家伙发现抓错人，他们应该会放了狄克。我想我们很快就能见到狄克了。”

就在此时，旁边的阴影中传来一个声音：“我怎么办？你能不能先送我回家？我不想再看到鲁奇了。”

“我肯定不会浪费时间送你回家，”朱利安冷冷地说，“如果不是因为你，和你那愚蠢的举动，我们就不会陷入这样的麻烦之中。你最好和我们待在一起。我要先去找到狄克。”

“可是……我不能和你们在一起啊——我害怕鲁奇！”理查德大喊大叫。

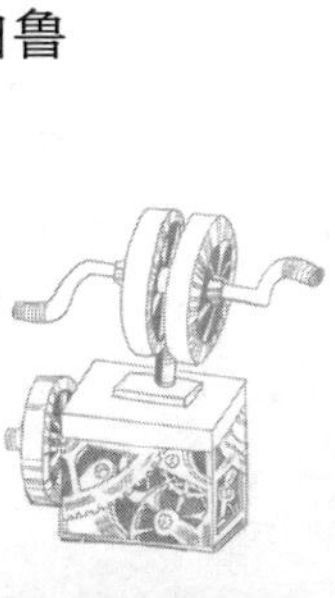

“好啊，那么你就原地待着。”朱利安说道，他决定要狠狠地教训一番理查德。

不说还好，一说更糟糕。理查德禁不住鬼哭狼嚎。“不要啊，不要把我扔在这儿！”

“现在情况是这样的，如果你和我们一起赶路，我们可以随时把你放到路上的某户人家，或者一个警察局，这样你就能随时回家。”朱利安气汹汹地说，“你也不小了，绝对能照料好自己。我现在极端讨厌你，厌烦透顶了。”

安觉得朱利安对理查德太过分了一些，尽管理查德给大家带来了这么多麻烦。刚才，她深刻地体会到了恐惧是什么滋味。她把一只手放到理查德身上，然后轻声安慰他：

“不要耍小孩子脾气，理查德！朱利安肯定会理解你的。只是他现在对你有气，等过了这一阵就好了。”

“你没觉得自己过于自信了？”朱利安对安说道，假装更加生气了，“理查德压根儿就是在玩捉迷藏游戏。他让人无法信任，而且不诚实，跟一个小孩儿没什么区别！”

“请再给我一次机会。”可怜的理查德泪水几乎要夺眶而出。此前，他从未像这样子求过别人。对于朱

利安的责难，理查德想恨却恨不起来，反而对他更加敬重和钦佩。

朱利安也不再说什么了。他真心觉得理查德的内心很脆弱，根本经受不住他言语上的打击。然而，让理查德一直跟着他们也挺麻烦。理查德不能给他们提供任何帮助——他就是一个累赘啊。

“朱利安，我们接下来要怎么做？”乔治问道，她看起来异常冷静。她喜欢她的狄克表哥，此时的她相当担心狄克的安危。鹰谷在哪里？暮色四合之下，怎么才能找到那个地方呢？那些可恶的坏人会怎么做？如果朱利安要求他们立马释放狄克，他们会如何对待朱利安？朱利安非常勇敢又仗义执言，可是那些坏人才不管这些呢！

“是啊，我们现在到底应该怎么做呢？”朱利安重复着乔治的话，之后便陷入沉默。

短暂的停顿后，乔治说：“返回刚才那个农场寻求帮助是不可行的，对不对？”

“绝对不可行。”朱利安立马回应道，“那个老头儿是不会向我们提供任何帮助的！而且就我们看到的，那里连电话都没有。不行，那个农场不会有任何帮助。唉，真是太可惜！”

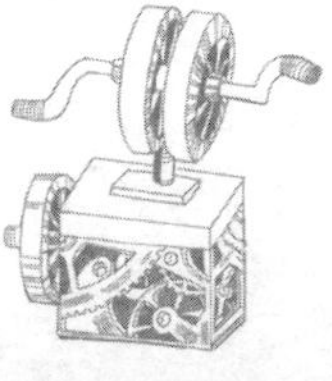

“地图在哪里？”乔治说，她突然冒出了一个想法，“你们觉得地图上会不会有鹰谷这个地名呢？”

“只要它不是一座房子，估计会有……”朱利安说，“地图上只显示地名。如果想看到任何一幢房子，那得需要一张超级大地图。”

“嗯，不过——我们一起来看看地图吧，看看附近是否还有其他的农场或者村子。”乔治说。她觉得自己必须要做点什么，即使是看看地图。朱利安拿出地图，展开。借助自行车的灯光，他们几个勾着头弯腰去看地图。理查德站在外面，越过他们的肩头也向地图望去。提米也没闲着，争着也要看，把小脑袋强伸到他们的胳膊下面。

“提米，你走开。”朱利安说，“看，这是我们所处的方位——中峡谷森林——看到没？我的天，我们竟然在一个极端荒凉的角落——方圆数英里没有一个村子。”

地图上的确没有标识任何村子。极目望去，地图上显示的乡下位于丘陵及茂密的丛林间，一条小溪涓涓流过，时隐时现一些弯弯曲曲的三级公路——可就是没有村庄，没有教堂，甚至一座桥也没有。

安突然发出一声惊呼，只见她伸手指着地图上的一座山的轮廓。“看到那座山的名字了吗？”

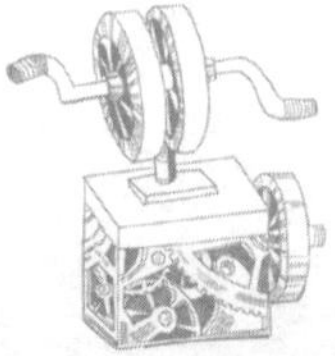

“鹰之山，”朱利安读了出来，“是的，安，我看到了你所发现的。根据名字进行判断，如果这座山上有一处房子，那么极有可能就是鹰谷。而且你们看，这里的确显示有一个建筑物！只不过没有名字。有可能是一个农场，或者一处废墟，再或者会是一座大房子。”

“我觉得，非常有可能就是鹰谷。”乔治说，“我敢打赌就是它。我们这就骑车过去吧。”

理查德沉重地叹了一口气，吸引了大家的注意。“你又怎么了？”朱利安不耐烦地说。

“噢，没什么，我就是饿了。”理查德说。

其他人也猛然意识到他们都处于饥饿状态了。事实上，是超级饿。从下午吃完茶点到现在，已经过去了好长时间。

朱利安想起他和乔治一起从农场买来的食物。不过他们在犹豫，是现在就吃呢，还是在去往鹰谷的路上吃？

“最好是边走边吃吧，”朱利安建议道，“我们现在浪费的每一分钟都意味着狄克要增加一分的危险。”

“我在想，如果鲁奇看到狄克，发现不是我——不是他们要的人，他们会怎么对待狄克。”理查德忽然说道。

“释放他，我是这样想。”乔治说，“如果遇到这种情况，歹徒一般都会把对方扔到一处荒无人烟的地方，并且绝对不管他能不能找到回家的路。毫无疑问，我们已经能猜到会发生什么了——狄克或者还在鹰谷，或者已经被释放，再或者其他的情况。”

“我不能和你们一起去了。”理查德突然大哭道。

“怎么了？”朱利安询问道。

“因为我找不到我的自行车了。”理查德伤心地说，“还记得吗，我说过我把它扔了。天知道它现在在哪儿。我觉得我永远也不会找到它了。”

“你可以骑狄克的车啊，”安说，“就在那儿，而且车胎也修好了。”

“噢，是的！”理查德一下子轻松许多，“刚才那一刻我觉得自己肯定要被你们抛弃了。”

朱利安倒是偷偷地希望他不要去。理查德明摆着就是一个大麻烦！

“对，你可以骑狄克的车子。”他说，“但是你记住，必须老老实实的——不可松开车把手，或者有其他的任何把戏。这是狄克的车子，而非你的。”

理查德听了，默不作声。朱利安总是会训斥他。他觉得无可厚非，可听了后，心里总归是不舒服的。

他推着狄克的车子，发现车灯不见了。肯定是狄克把它取了下来。他四处找了一下，后来在地上找到了。狄克把车灯掉在了地上，灯的开关在掉地的一瞬间被关掉了。还是能用的，挺好！

“现在，各位，”朱利安也取回了他的自行车，说，“行进的路上我会给大家发吃的。现在我们必须尽快找到去往鹰之山的路。”

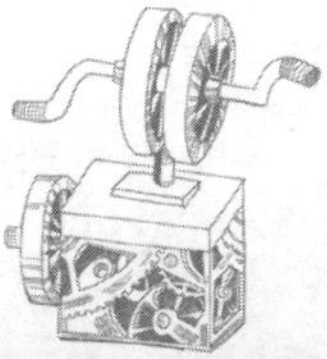

想想吧

1. 谁被抓走了？

2. 朱利安认为理查德是一个怎样的人？

3. 据孩子们猜测，地图上的建筑物名字可能是什么？

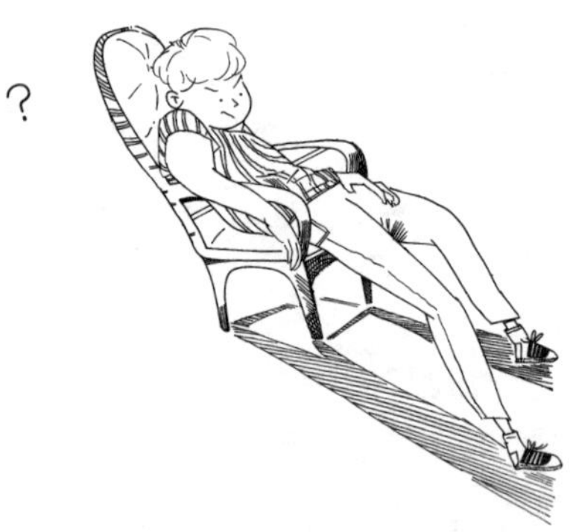

第九章　夜色下的探险

四人小心穿过林间小路和一片片草地，当踏上一条车道时，他们异常欣喜。朱利安停了片刻，他要辨别一下方向和他们所处的位置。

“现在，根据地图显示，我们接下来应该右拐，一直走到岔路口，然后左拐，接着沿着山脚下的道路继续前行，而后进入一个小峡谷，骑上一两英里，就到了鹰之山脚下。”

“不论遇到谁，都可以向他打听打听鹰谷。”安满怀希望地说。

“在这片区域，我们不会在大晚上遇到谁的！”朱利安说，“只有一件事可以确定，那里远离村庄，在数英里之外，没有村民，没有警察，没有旅行者！不要指望会遇到任何人。”

他们走上了车道，月亮高悬，天空澄澈无比。很

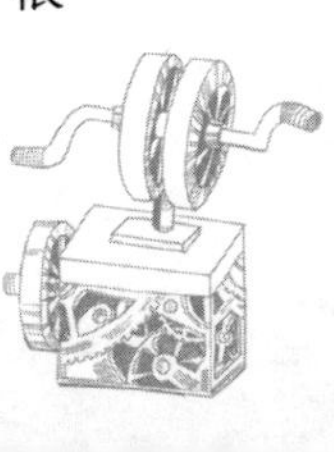

快，月光就把大地照得如同白昼。

“我们可以关掉车灯，以节省电。”朱利安说，“眼下能清楚地看出，我们已经走出了森林，走在了月光之下。真是不可思议，对不对？”

“我向来都觉得月光很奇怪。虽然它很明亮，照亮万物，可是周围都是白色，没有任何其他色彩。”安说。说话的同时，安关掉了自行车的车灯，她又瞥了一眼提米。

“提米，关掉你头顶的灯啊！”她莫名其妙地说道。此言一出，引得理查德突然爆发出一阵傻笑。朱利安也笑了。看到安又恢复了往日的神态，大家都颇感欣慰。

“提米的双眼酷似一对车灯呢，是不是？”理查德说道，“另外，朱利安，吃的呢？”

“在这儿。”朱利安回答，说着，他就伸手去车篮里拿。可是，单手骑车的同时，用另一只手去取东西并递给别人对他来说有点困难。

“这样吧，我们停下来休息几分钟。”最后，他无奈地说，“呃……我想，应该是掉了一个鸡蛋。来吧，把车子靠边停下，休息三分钟，把肚子填饱。”

理查德早就巴不得停下来休息了。女孩子也相当饿了，听到朱利安这么说，赶紧表示同意。在月色笼罩下的公路上，他们跳下自行车，钻进路边的矮树丛。这是一片松树林，树下落满了干燥的棕色松针。

“就地蹲下几分钟即可，”朱利安说，“欸，那里是什么？”

所有人的目光都投向那边。“看起来像是一个破败的小木屋。”乔治说着，一边走到近前仔细看看。“是哦，是的——是一堆屋舍的废墟，仅剩下四周的墙壁。这里可真恐怖。”

他们走过去坐在一棵松树下。朱利安给大家分发了食物。提米也得到了一份，虽然没有它想象中那么多。拿到吃的，他们坐在松树的阴影下狼吞虎咽起来。

“我说，是否有人和我一样听到了什么？”朱利安抬起头，说，“听起来像是小汽车的声音！”

大家都竖耳听起来。朱利安说对了，有一辆小汽车正安静地驶过，发出轻微的引擎声！岂不是非常走运?！

“它要是朝这个方向开来就好了！”朱利安说，“兴许我们能将它拦下，然后寻求帮助。不管怎样，它能把我们带到最近的警察局。”

他们暂时把吃剩的食物丢到了旁边的矮树丛里，走到公路上。他们四处张望着，可是并没有看到任何车灯闪烁，只是耳畔仍回荡着小汽车的引擎声。

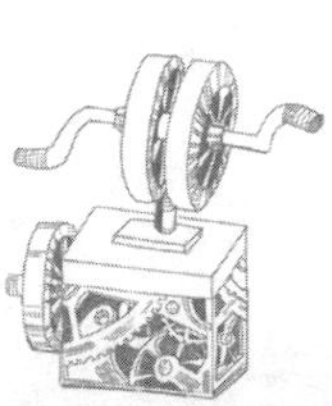

“相当安静的发动机，”朱利安说，“应该是一辆动力十足的小汽车。因为月光足够明亮，对方并没有开启车灯。”

“它接近我们了。”乔治说，“它在朝我们这个方向驶来。是的，的确是！”

很明显，发动机的噪音愈来愈清晰。孩子们已经准备好跳上公路，拦下它。

就在这时，噪音突然消失。月光洒下来，照出那辆停靠在路边的小汽车的轮廓。四周黑黢黢的，甚至没有侧灯。朱利安伸出胳膊阻止了其他人跳到公路上准备呼叫的举动。

“等一等，”他说，“有点不对劲儿！”

于是，他们就躲在阴影处静静等着。小汽车停在了房舍废墟的不远处。有一个车门打开了，一个男人从车内走下来，迅速穿过马路，冲进了那边暗影中的篱笆。他好像还抱着一包什么东西。

响起一声低低的口哨。之后，一只猫头鹰飞了回来。“是暗号！”朱利安心想，同时越发好奇，“我很想知道到底发生了什么。”

“大家务必保持完全安静，”他压低气息，对其他人说道，“乔治，看好提米，绝对不能让它叫出声来。”

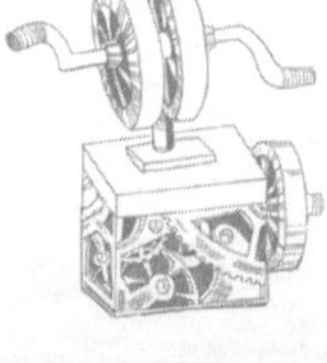

提米相当聪明，它很清楚何时应保持沉默。它甚至没有发出一声哼哼。它站立的姿势就像一尊雕像，双耳直竖，双眼紧紧盯着小路。

过了好一会儿，什么也没有发生。朱利安小心翼翼地移动到另一棵树的阴影下，在那里，他能看得更清楚。

他可以清晰地看到那栋摇摇欲坠的小木屋。他看到一个影子从距他几棵树远的地方朝小木屋走去。与此同时，他又看到有一个人——极有可能是刚才从小汽车里走出来的那个人——在等着。他们是谁？大晚上这个时候，他们在进行什么勾当？

从树后出来的那个人走到了从车里出来的那个人旁边。他们迅速交流了几句，不过朱利安一句都没有听到。但是有一点朱利安非常确定，他们压根儿都不知道他和其他几个孩子的存在。他再次蹑手蹑脚地移动到另一棵树后，躲在暗处极力窥视并尝试弄清楚到底发生了什么。

“一定要尽快，”他听到有一个人说，“不要把你的东西带到车上。把它们都扔到井里去。”

朱利安无法看清其中的一个人在做什么，但是他觉得那个人肯定是在换衣服。是的，那个人正在穿别

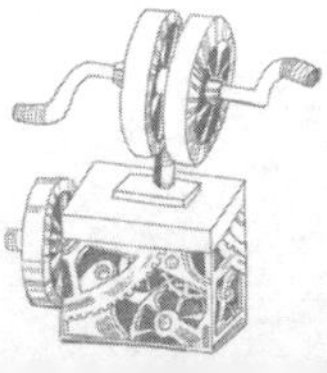

人的衣服——有可能来自车上人抱下来的那包东西。朱利安越来越好奇了。一桩非法买卖！第二个人是谁？难民？间谍？

换好衣服的那人捡起脱掉的衣服，走到了小木屋的后面。不一会儿，他又出来了，可是手上什么也没拿，便跟着第一个人穿过马路朝小汽车走去。

只见车门还没关好，小汽车的发动机已经启动了，之后疾驰而去。小汽车匆匆驶过一片松树林，孩子们正好就隐藏在那里。当它路过的时候，大家急忙后退几步。还没开出多远，就能感觉到小汽车的车速其实已经非常快了。

朱利安回到其他孩子中间。“你们怎么想的？”他说，“应该是一桩非法交易，对不对？我看到其中一个人换了衣服——天知道这是为什么。然后，他把脱下的衣服扔到了小木屋的后面，一口井里。我好像听到了这些。咱们要不要去看看？”

“好，去看看。”乔治疑惑地说，“对了，你看到车牌号了吗？我只勉强认出了几个字母——KMF。”

“我看到了，”安说，“102。而且我看到那是一辆黑色宾利。”

“对，黑色宾利，车牌号 KMF102。”理查德说，“他

们肯定是在从事一些非法交易活动。我敢打赌！”

接着，他们朝废墟后面走去。穿过茂密的杂草丛和灌木丛，他们来到了一个院子里。那里有一口废弃的井，斑驳不堪，大部分墙体都已不见踪影。

井上方有一个木质的盖子。朱利安移开盖子——即使历经岁月的风吹雨打而腐烂，可盖子依旧挺沉。他探头朝井里望望，啥也没看见。由于井很深，仅仅依靠自行车的车灯是看不到底部的。

“完全看不到井底。”朱利安说，一边又把井盖移了回去，“我猜，里面也就是那人扔的一些衣服。我好奇的是，他为什么要换衣服？”

“你觉得他会不会是一名逃犯？”安蓦然说道，“他得换掉囚服，对不对？——这是对他来说最重要的事情。附近有监狱吗？”

无人知晓。“我真不记得地图上显示附近有什么监狱。”朱利安说，“不。不知为什么，我觉得他不是逃犯——我觉得他更像是被安排到这片荒凉乡下的一个间谍，而且还有人提供衣服，或者他是一个逃兵。对，更像是一个逃兵！”

“好吧，管他是什么呢。反正小汽车把这个是囚犯或者逃兵或者间谍的人带走了，我就很开心。”安说，

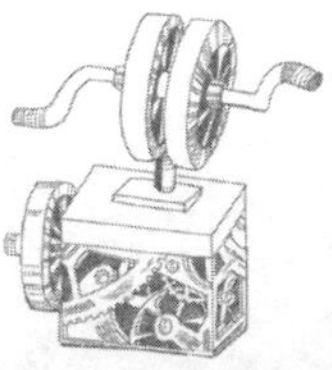

“当这一切发生的时候，我们正好就在附近，可真是稀奇啊！他们肯定永远不会知道，就在不远处，有四个小孩和一只狗看到了他们的所作所为。”

“没有被他们发现，真是我们的运气。”朱利安说，“否则他们肯定会特别生气。好了，各位，我们已经浪费了不少时间。快点回去继续吃东西吧。我希望那些吃的可别被提米独吞了。食物就放在地上呢。”

提米连一粒面包屑都没吃。它颇有耐心地守在食物旁边，间或朝四周嗅一通。所有的面包、火腿和鸡蛋都静静地待在地上，没有人吃！

“我的宝贝狗狗，”乔治说，“提米，你太值得信赖了，相当值得！为了奖励你，我要给你一大块面包，还有火腿。”

提米张大嘴巴，一口吞了下去。可是仅此而已，没有多的了。孩子们吃的也很有限，甚至吃掉了每一粒面包屑。吃完，他们加快步子走了几分钟，找到自行车。

“现在，我们继续朝鹰之山前进。”朱利安宣布，“希望今晚不要再遇到什么稀奇古怪的事儿了。我们已经经历得够多了。”

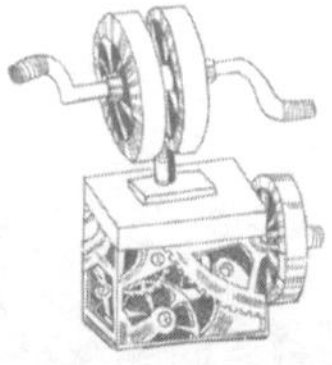

想想吧

1. 为了节省电，朱利安提出了什么建议？

2. 夜间靠路边吃东西的时候，孩子们遇到了什么怪事？

3. 黑色宾利的车牌号是多少？

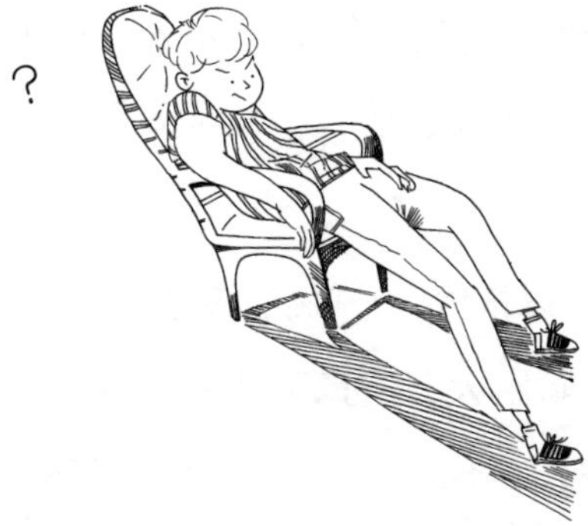

第十章 鹰之山上的鹰谷

踏着皎洁的月光，他们飞速骑着自行车再次出发了。即便有乌云时不时遮住了月光，可依然能看清道路，用不着开车灯。大概骑了几英里，他们来到一座陡峭的小山。

“这里就是鹰之山吗？”安问。山坡很陡，于是他们跳下自行车，开始推着前进。

“是的，”朱利安说，“至少我认为是。除非我们走错了。但是我觉得我们没错。现在的问题是，我们能否在鹰之山顶上找到鹰谷这个地方。而且我们如何确认那里就是鹰谷呢？”

“我们可以按铃问一问。”安说。

朱利安哈哈大笑。真不愧是安啊！“也许真得那样做。”他说，“不过，我们首先需要侦察一番。”

他们推着车子往山上走。路两边布满荆棘，旷野

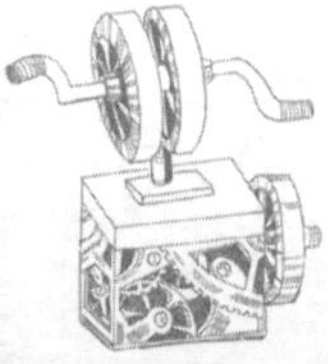

朝远处伸展。在孩子们的视野范围内，没有马匹，没有绵羊或者奶牛等任何动物。

“快看，”安突然喊道，“我看到一座房子——应该是的。我确定我看到了烟囱！”

大家都朝着安手指的方向看去。是的，的确是烟囱。高高的砖砌烟囱，看起来非常老旧。

“看起来就像是伊丽莎白时代[①]宅邸的烟囱。”朱利安说。说完，他停顿一下，又仔细看看。“那个地方肯定特别大，我们可能应该骑车过去。”

他们推着车子继续努力前行。那栋房子渐渐进入他们的视线。看起来就像是一座豪宅，乘着月色看起来年代久远，却又富丽堂皇、异常壮观。

“大门在那里。”朱利安感激地说，推着车子上山让他筋疲力尽，“门是关着的。希望没有上锁。”

当他们快走到那扇锻铁大门的时候，门却慢慢打开了。孩子们一下子吃惊地定住了。门，为何开了？毫无疑问，肯定不是为他们而开！

就在这时，他们听到远处传来小汽车的声音。再

① 伊丽莎白时代（Elizabethan Era）是英国伊丽莎白一世女王统治英国的一个纪元（1558—1603），历史学家常常将其描绘为英国历史的黄金时代。本书作者生活的年代是 1897—1968 年，距伊丽莎白时代有三百多年，足以说明房子的老旧。

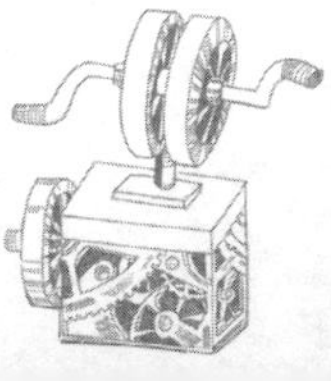

明显不过了，大门是为小汽车而开的。然而，小汽车并不是上山来了，它是从大门的里边出来的，它要下山。

“赶快躲起来，”朱利安说，“暂时不能被发现。”

当小汽车从大铁门内缓缓开出来时，他们赶紧推着自行车，俯身躲到旁边的小水沟里。朱利安发出一声感叹，并轻轻推了一下乔治。

“看到没？又是那辆黑色宾利——车牌号 KMF102！”

“真是不可思议！”乔治吃惊地说，“这辆小汽车到底在干吗呢？大晚上来回穿梭于乡间，还搭载着不知名的乘客！竟然也把他送到了这个地方。我在想，这里应该就是鹰谷了。”

小汽车渐行渐远，而后拐个弯，消失在山中。孩子们推着自行车从小水沟里走了出来，还有提米。

“来，咱们小心点儿向大门走去。”朱利安说，“门还开着呢。当小汽车开出来的时候，我很纳闷儿这个门是怎么开的。没有看到任何人开门啊！”

他们勇敢地朝大铁门走去。

“看！”朱利安说，他一边用手指着大门上悬挂着的一块巨大的木质牌子。所有人都转头看去。看到亮闪闪的牌子上面的字，大家禁不住惊叫：

“哇！这不就是鹰谷吗?！”

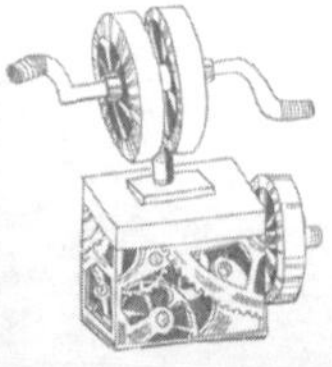

“赶快躲起来”

“还是黄铜材质的呢！鹰——谷！我们终于找到了！”

“快点，”朱利安说，一边骑着车子穿过大门，“我们这就进去打探打探。如果足够幸运，也许我们就能找到老伙计狄克了。”

他们陆陆续续骑了进去。突然，安惊恐地拉住朱利安。她默默地朝身后指去。

大铁门又关上了！可是仍旧没有一个人在那里关门。大门就这样平静而缓缓地自己打开，自己关上了。这里肯定有很多离奇古怪的事情。

“是谁关的门？”安轻轻耳语道，她的声音有些发颤。

“我想肯定有机器在操作。”朱利安在后面低声说道，“也许是从房子里面操纵的。咱们过去看看能不能找到控制大铁门的机关。”

他们把车子放到路旁，步行回到大铁门处。朱利安想找到一个能打开门的类似手柄或者插销这样的东西，然而都没有。

他推了推大铁门。它一动不动。看来他是不可能打开大铁门的。大铁门已经被某种机器操纵着关上，并且锁上了。这意味着，除了那个特殊的机器，任何

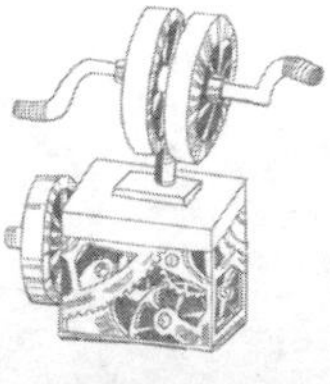

人、任何物体都不能打开大铁门。

“完了！”朱利安说道。他的声音听起来特别生气，以至于大家都惊讶地看着他。

“天哪，难道你们没有意识到我们被锁在里面了！如果狄克也在这里，那么我们就像他一样，也成了被困者。我们也无法打开大铁门，再看看四周，都是高墙——而且我敢说，这里到处都是这样。即使我们想出去，现在也出不去了！”

所有人都若有所思地走回自行车旁。“我们最好把车子骑到树林里藏起来，”朱利安说，“车子太碍事了。咱们静悄悄地绕着房子打探打探。希望这里没有狗。”

他们把自行车安全地藏在宽车道一侧的树林里。车道很明显疏于打理，两边长满了杂草，苔藓遍地。地面上也仅能看到小汽车驶过的车痕。

“我们是沿着车道中间走，还是靠边走呢？”乔治问道。

“靠边走，”朱利安说，“有月光照着，走在车道上势必会被人看到。”

所以他们选择在树的阴影下靠边走。他们一直沿着弯弯曲曲又长长的车道走，直到看见一座房子出现

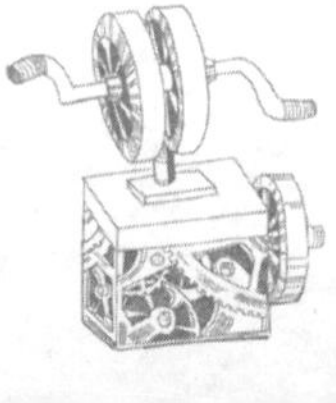

在眼前。

豪宅真是名副其实。房子按照英文字母“E”的形状进行建造，只是中间少了一笔横线。宅子前面有一个院子，里面杂草丛生。院子四周有围墙，挺矮，约莫到膝盖那么高。

顶楼一个房间里有光发出，一楼也有一个房间里有光。除此之外，那栋楼整个都是黑漆漆的。

“咱们悄悄地绕着房子走一圈，”朱利安压低嗓门，说，“我的老天，那是什么？”

一声古怪而可怖的尖叫声令他们所有人惊恐地跳了起来。安吓得猛然拉住朱利安的胳膊。

他们伫立在原地，竖耳听去。

有一个东西悄没声儿地过来了，而后轻轻擦过乔治的头发。乔治几乎要大叫起来，她还没发出声音，那声恐怖的尖叫再次袭来。她急忙伸出手安抚惊愕的提米。

“这是什么东西，朱？”乔治耳语道，“刚才有个东西摸了一下我。还没看到影子，它就消失不见了。”

“快听，没事的，”朱利安亦悄声说道，“就是一只猫头鹰。一只尖声叫的猫头鹰！”

“天哪——好像还真是。”乔治如释重负般大大松

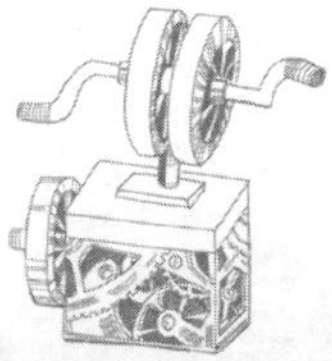

了一口气，“我怎么就没想到这个，真笨。这是一只仓鸮，夜晚出来捕食的长耳鸮。安，你被吓到了吗？”

“刚才的确是被吓到了！”安说，一边放开朱利安的胳膊。

“我也是。”理查德说，他的牙齿还上下打战，“我几乎要拼命逃跑了！如果我的两条腿还能起作用，我肯定就跑了！可是刚才它们被死死地粘在了地上！”

猫头鹰再次发出尖叫声，只是声音渐行渐远，之后又有另一只回应它。片刻后，第三只猫头鹰也发出尖叫。一阵阵恐怖的尖叫声让这个夜晚甚是可怕。

“我希望将来会有一只棕色的猫头鹰，叫作嘟噜噜，”乔治说，“它的叫声肯定是悦耳的，然而现在这几只猫头鹰的叫声太瘆人了！”

“怪不得这里叫作鹰之山，”朱利安说，“估计就是因为这里总有猫头鹰出没吧。”

四个孩子和提米开始围着房子进行察看，并且尽量走在阴影里。房子后面漆黑一片，除了两扇长长的窗户。这是两扇铅窗，且有窗帘交叉拉过挡着视线。朱利安试着透过缝隙往里面看去。

功夫不负有心人，他发现一处空隙。朱利安把眼

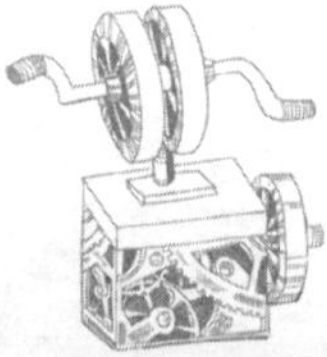

睛贴到缝隙处，使劲儿朝里面瞅。

“里面是厨房，”他告诉其他人，“好大——点着一盏大大的油灯，房间的其他地方都是阴影。最里面有一个壁炉，几根木头在燃烧着。”

“有人吗？”乔治问道，她也想透过空隙朝里面看看。朱利安朝旁边挪一下，让乔治看。

“我没看到任何人。”他回答道。

正说着，正在窥探的乔治猛然叫了一声。朱利安赶忙把乔治推开，自己朝里面看去。

朱利安看到一个人——滑稽又酷似侏儒，面部邪恶——正走进厨房，驼着的背部让这人的头部看起来歪到了一边。此人后面跟着一个女人——瘦瘦的，了无生气，一副悲惨的模样。

男人坐到一把椅子上，而后开始装烟斗。女人走到火边拿起开水壶，把角落里的暖水瓶灌满。

“这个女人肯定就是厨师，”朱利安心想，“她看起来特别凄惨！我很好奇这个男人是做什么的——或许就是一个杂工。他的面部表情看起来超级恶毒！”

女人小心翼翼地和坐在椅子上的男人说话。朱利安站在窗户外面，一句话也听不到。男人开口说话时异常粗鲁，并且用手臂狠狠地敲着椅子扶手。

女人看起来像是在苦苦哀求男人什么事。男人突然暴怒，抡起一根拨火棍，威胁着女人。朱利安看得心惊胆战。可怜的女人！怪不得她看起来那么凄惨，原来是经常有这种事情发生。

不过呢，男人并没有做出多么出格的事情，只不过是愤怒地用手挥舞了几下拨火棍，而后又扔到壁炉里，便坐回到椅子上。女人也不再吱声，继续灌暖水瓶。朱利安很好奇他们是在为谁服务。

朱利安把所看到的一切转告给其他人。不过他们都不太感兴趣。如果厨房里二人的行为是一种常态，那么世界上其他地方的厨房会不会也是这样呢?

他们离开厨房的窗户，继续围着宅子走。他们路过一间下沉的屋子，里面亮着灯。但是，该房间的窗帘死死地拉着，根本就找不到任何空隙。

他们仰头望到那间顶楼亮着光的屋子。狄克是否就在里面？他们多么希望能够未卜先知！

要不要朝上面扔一块石头？他们在考虑是否要试一下。若要进入这个房子，目前看起来他们没有任何法子。房子的前门肯定是关闭的。有一个边门同样紧紧闭着，并且上了锁——因为孩子们都试过了。再看窗子，貌似没有一个能够打开。

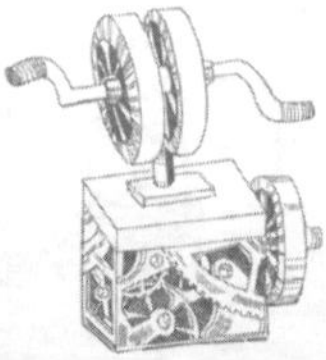

“我觉得我要扔一块石头上去，”朱利安最后说道，“我有预感，狄克就在那里面，如果他被带来了的话——再说了，你们也很确定那俩男人说了‘鹰谷’几个字对吧——安，是不是这样？”

“绝对正确，”安说，“扔吧扔吧，朱利安。我好担心可怜的狄克。”

朱利安在地上随手摸到一块石头——它深埋在到处都是苔藓的地上。他在手里试了试重量，随后朝上扔去，可是连窗户沿都没够着。朱利安又找了一块，再扔。石头撞到了窗户玻璃上，伴随着一声尖厉的破碎声。好像有人立马冲到了窗户前。

会是狄克吗？每个人都紧张兮兮地抬头张望着窗户那里——可是窗户实在是太高了，什么也看不到。朱利安又扔了一块石头，同样砸到了窗户玻璃上。

“我觉得那个人就是狄克。”安说，“噢，我的天哪，又好像根本就不是的！朱利安，你看不到吗？”

然而，窗边的那个人——不论他是谁——却突然消失不见了。孩子们蓦然觉得有一丝不妙：如果那人不是狄克呢？假设方才突然消失的另有其人，那么他会不会已经从房间里下楼过来抓他们了？

“走，咱们得尽快离开这个角落。”朱利安耳语道，

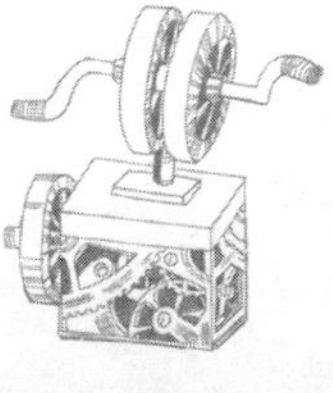

“转一圈去房子的另一边。”

他们悄无声息地按计划朝前走着。突然，理查德一下子拉住朱利安的胳膊。“快看！”他说，“有一扇窗户是打开的！我们要不要进去？”

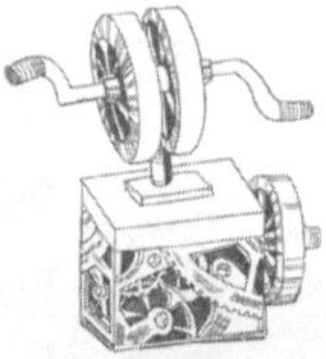

想想吧

1. 孩子们如何进入了鹰谷？

2. 孩子们在窗外看到了厨房里有什么样的人？

3. 朱利安觉得狄克会在哪里？

第十一章　陷阱!

朱利安看到了那扇平开窗。月光洒在窗子上，能看到窗户是半开着的。“刚才我们围着房子走的时候怎么没发现这扇开启的窗户？”他有点疑惑。他更有点犹豫不定。他们是否应该通过窗户钻进去？或者去使劲拍打后门，引起那个凄惨的女人的注意，然后告诉她他们想要探寻的事情？这样做是否会更好一些呢？

可话又说回来，那里还有一个面部丑恶的驼背男人。朱利安可一点都不喜欢他的长相。是的，综合起来，还是通过窗户钻进去，看看楼上的人是不是狄克，然后将他解救，而后大家一起从这扇窗户逃走吧！他们会做得神不知鬼不觉。届时鸟儿已经飞走，一切都将恢复原样。

朱利安走近窗边，抬起一只腿，骑到了窗框上。他向安伸出一只手。“来，我拉你一把。”他说，一边把安拉上窗框坐在他的旁边。随后，朱利安又把安轻轻地抱起来放到了屋里地板上。

接着是乔治、理查德。就在乔治从窗户里朝外探着身子鼓励提米跳进来时，出事了！一道强光穿过屋子直直地射向他们，四个孩子瞬间感到目眩！他们惊慌失措地站着不动。这是怎么回事？

就在这时，安听到了一个熟悉的声音——正是抓住狄克的那个男人的声音。“哎哟，哎哟，抓到一群夜贼啊！”

那个声音霎时间转为怒吼：“你们竟胆敢私闯民宅！我必须把你们移交警察。”

窗外，提米在拼命狂吠。它朝窗户向上跳，差一点就要跃进来。男人立马意识到了什么，便走向窗户。砰的一声，他把窗户关上了。提米再也进不来了！

“放我的提米进来！”乔治气急败坏地说，一边还傻乎乎地要去开窗户。那个男人收起手电筒，朝乔治手上狠狠地敲去。乔治痛得叫出声来。

“其他人看好了，谁还敢违背我的命令，这就是下场！”男人宣布。

可怜的乔治心疼地摸着受伤的小手。

“看这儿，”朱利安忍无可忍地说，“你可知道你在

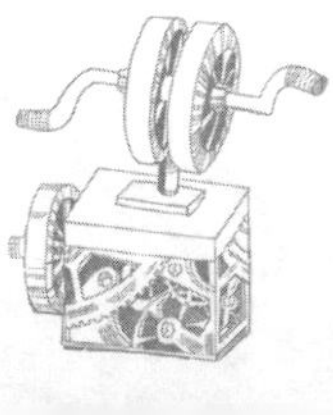

做什么？我们不是贼——而且，如果你能把我们送到警察局，我们将万分感谢你！”

“嗬，你可以啊！真的是这样吗？”男人说。他走出房间的门，朝外大声叫道：“阿吉！阿——吉！提一盏灯过来！马上！”

从厨房传来一声回应，几乎就是同时，外面走道里渐渐有了光亮。光越来越亮，出现了那个凄惨的女人，她的手中提着一盏大大的油灯。她吃惊地盯着这一群小可怜。她似乎想要说点什么，可还没张嘴，就被男人凶狠地推了出去。

“滚！给我闭嘴。听到没？”

女人吓得哆哆嗦嗦地退出了屋子，犹如一只受惊的老母鸡。在油灯的照耀下，男人开始轮番打量这群孩子。这个房间里没什么家具，看起来像是起居室。

“所以，你们一点都不害怕去警察局，对不对？”男人说，“这可真有趣。你觉得他们会批准你们闯入我的房子？”

“我再次强调，我们没有私闯你的宅院。”朱利安下定决心无论如何都要说清楚，“我们来这里，是因为我们有证据证明你劫持了我的弟弟，而他现在就被锁在这个房子里。那完全就是一个误会！你抓错人了。”

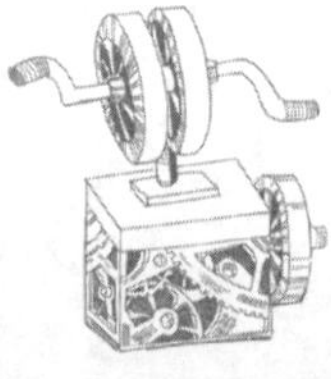

理查德一点也不想让朱利安这样说。他很害怕自己要去代替狄克，然后被锁起来。他试图尽量朝后退。

男人费劲地看着朱利安，似乎在思考什么。“我们这里没有男孩子。”最后，他说，“我听不懂你在说什么。难不成你觉得我闲着没事儿在乡间瞎晃悠，然后就抓几个男孩子关起来吗？”

“我不知道你到底是做什么的，”朱利安说，“可是我非常确定，是——你，抓走了我的弟弟狄克，就在今天晚上，中峡谷森林里。因为你以为他是理查德·肯特，可是他不是。他是我的弟弟狄克。如果你不立马放掉他，我们就去警察局报案。”

“老天，你怎么知道得一清二楚？”男人问道，“就像你说的，当我们抓他的时候，你是不是就在现场？”

“我们其中的某一个人在，”朱利安坦率地说，“就在你们头顶的一棵树上。所以我们知道得清清楚楚。”

之后，众人陷入沉默。男人掏出一支烟，点着了。“这个嘛，你们估计弄错了。”他慢悠悠地说，“我们这里没有什么男孩。你所说的过于离谱。而且呢，现在已经这么晚了，你们要不要就躺在这屋里睡一觉，然后明天一大早再出去？我可不愿意在深更半夜把一群小娃娃赶出去。这里也没有电话，要不然我就能给

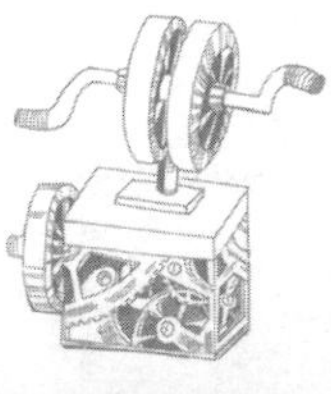

你们的家长打个电话了。”

朱利安有点犹豫不定。他有预感，狄克就在这栋宅子里。假如他同意在这里过夜，兴许还能去找一找狄克。另外，他看得相当明白，那个男人根本不会把他们送到警察局。据此，鹰谷这个地方定然有着不可告人的险恶秘密。

“那我们就留下来吧，”朱利安最终确定道，“我们的家人住得很远，而且他们不会担心。”

此时此刻，朱利安全然把理查德给忘记了。理查德的家人肯定会担心啊！可话说回来，他们也无能为力了。当下首要的事情是找到狄克。毫无疑问，这里的这些人如果发现他们抓错了人，势必会疯狂地囚禁狄克。兴许那个叫作鲁奇的、认识理查德的恶棍还没有到达此处——他是不是还没有见到狄克？所以那个男人才想要把他们留下来。当然了，他应该等到鲁奇来，然后鲁奇说：“抓错了，这不是我要的人！”他们就会放了狄克。他们必须放了狄克！

那个男人再次叫了声“阿吉”，阿吉就立刻出现了。

“这几个小鬼迷路了，”男人向她说道，“我刚才已经说了今晚就收留了他们。你去准备出一个房间——地板上放些床垫和毯子即可。要是他们想吃东西，就

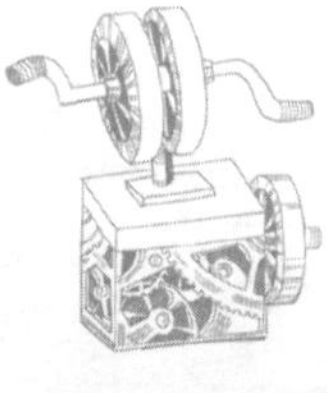

给他们拿点儿。”

阿吉看起来明显地相当震惊。朱利安猜测，她应该是不太适应这个男人竟会对一群迷路的小孩如此慷慨。他又朝她吼了：

“喂，别傻不拉叽地站在那儿了！赶紧去准备。对了，带上这几个小鬼。”

阿吉朝四个孩子招招手。乔治后退了一步。“我的狗怎么办？”她说，“它被关在了外面，正在低声哭泣。没有它，我不会去睡觉。”

“你必须去睡觉。”男人粗鲁地说，“无论如何，我不允许一只狗出现在我的房子里！就这么定了！”

“它会袭击任何它遇到的人。”乔治说。

“在这里，它不会遇到任何人。”男人说，“顺便问一下，你们是怎么通过大门进来的？”

“当我们走到大铁门的时候，正好有一辆小汽车出来了，然后我们就趁着门关闭之前溜了进来。”朱利安接话道，“大铁门是怎么关闭的？由机器操纵吗？”

“真是多管闲事！先管好你自己吧！”男人说，一边走出走廊，朝着相反的方向走去。

“开心点儿，我的老伙计。”朱利安无奈地朝乔治耸耸肩。

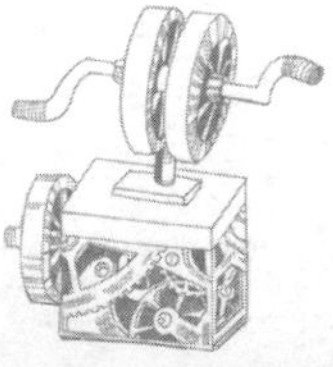

“没事，我还好啦！”乔治回答道。女人吃惊地看着他们。她看起来一点都没有意识到孩子们的真实意思。她朝楼上走，在前面带路。

他们来到一间大屋子。地板上铺着地毯，角落里有一张小床，还有一两把椅子。除此之外，别无其他家具。

“我去取一些毯子给你们。”阿吉说。

“我来帮你吧。”朱利安提议道。他想着兴许能趁机在房子里瞄一圈。

“可以。”女人回答道，“其他人就待在这里。”

朱利安和她一起出去了。来到一个橱柜，女人用力朝外拉两条大大的毯子。朱利安上前帮忙。朱利安的帮助让她感激不尽。

“噢，谢谢你。”她说，“这些毯子实在太沉了。”

“你根本就没有想到会有这么多孩子留在这里，对吧？”朱利安试探性地问道。

“是啊，真的很奇怪你们怎么会来了，就在……”女人说话了。还没说完，她突然停了下来，拍了拍自己的嘴唇，又忐忑不安地前后望了望走廊。

“就在什么？”朱利安问，“就在其他的男孩子到了之后，是不是这个意思？”

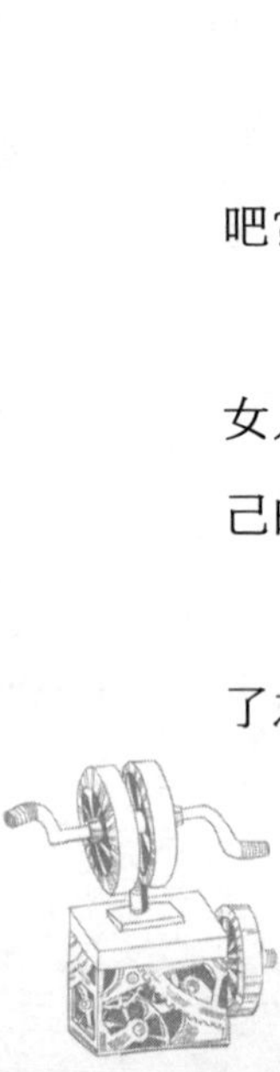

“嘘！”女人吓得面如死灰，急忙说道，“不论你知道什么都不要说出来。伯顿先生如果知道了你说的话，他会把我给活剥了！他肯定会认为是我告诉你的。不要再提这件事了。”

“那个男孩子就被锁在这栋房子的楼顶，对吧？”朱利安说，一边帮她抬着毯子回那间大大的卧室。听到这里，女人仿佛被电击了一下，猛然松手，毯子掉在地上。

“你给我听好！你想陷我于巨大的麻烦之中吗？包括你自己？你想让伯顿先生告诉混蛋驼子用鞭子抽打你们所有人吗？你根本不了解那个驼子！他恶劣至极！”

“鲁奇什么时候来？”朱利安问道。他下定决心镇住这个女人，希望能让她说出事实。以上信息加起来真是不少了。她原地站着，简直无法相信自己的耳朵，吓得双膝直打战，双眼死死盯着朱利安。

“你对鲁奇又知道多少？”阿吉低声说，“他要来吗？千万不要告诉我他要来了！”

“为什么？你不喜欢他？”朱利安问道，他把一只手轻轻放到女人的肩头，“为什么你这么害怕，而且沮丧？发生了什么事？告诉我吧，我也许可以帮到你。”

“鲁奇，是个坏人。”女人说，“我以为他还在监

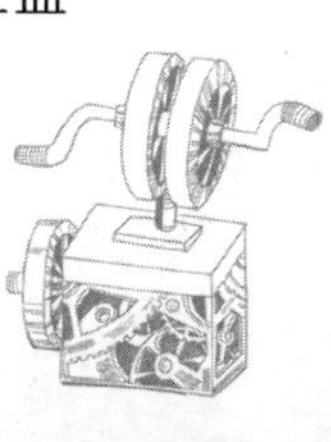

狱里。不要告诉我他已经出来了。不要告诉我他要来这里……”

她是如此惊恐，以至于说不出任何话来。她开始抽泣。朱利安也无心再向她问更多的问题。静默中，他帮助女人拉拽着毯子回到卧室里。

“我去给你们拿点吃的。”可怜的女人悲悲戚戚地说，“如果你们想躺下，那边的橱柜里还有毛毯，可以自取。”

说完，她就消失了。朱利安压低嗓门，告诉了其他人他所探听到的事情。“等房子里安静下来，咱们试试去找找狄克。”他说，“这是一栋邪恶的房子——充满不可告人的秘密，还有许多莫名其妙的人进进出出。晚会儿，我打算偷偷溜出去察看一番。我觉得那个男人——他叫伯顿先生——就是在等鲁奇，然后确认狄克是否就是理查德。等他发现弄错了，我相信他就会放了狄克，以及我们。”

“可是，我怎么办？”理查德说话了，“一旦他看到我，我就完了。我是他要抓的人。他恨极了我爸爸，也恨我。他会绑架我，然后不知带到哪里去。为了惩罚我，他会索要巨额赎金！”

“嗯，我们必须做点什么以保护你不会被他发现。”

朱利安说，“可是我不明白他怎么会看到你呢——他只会去看狄克吧。他不会对狄克的哥哥或者姐妹什么的感兴趣。现在，看在老天的分上，你不要再大喊大叫，要不然我就向鲁奇交出你！你可真是一个胆小鬼。你怎么就没有一点点勇气！”

“发生所有这些事，还不都是因为你愚蠢的谎言和欺骗行为吗！”乔治厉声道，“都是因为你，我们的旅行才被搅乱，狄克才会被抓，可怜的提米才会被关在外面。”

听到这，理查德更是震惊不已。他缩到一个角落里，不再吱声。他也挺痛苦的，大家都不喜欢他，不相信他的话，更加不信任他。理查德感到自己是那么地渺小又不堪。

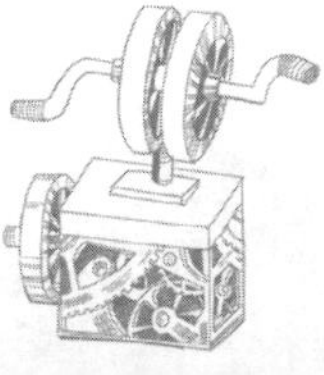

想想吧

1. 谁被关在了窗外？

2. 朱利安从阿吉口中打听到什么？

3. 将朱利安等人骗到屋子里的人是谁？

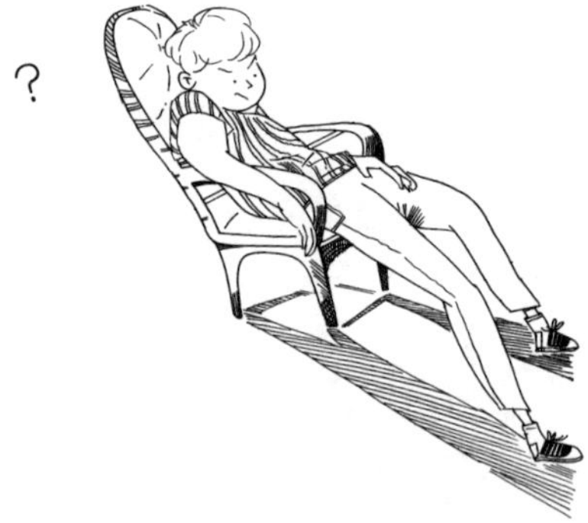

第十二章　朱利安四处查看一番

女人阿吉给孩子们拿了些食物，不过也就是些面包、黄油和果酱，以及热咖啡。四个孩子其实倒不怎么饿，但是特别渴。看到咖啡，几个人都迫不及待地喝了起来。

乔治打开窗户，朝下柔声叫道："提姆！给你吃的！"

提米已经候在了窗下，一边到处观望。它很清楚乔治在哪里。方才，它嚎叫了一阵子；现在，它安静了下来。

哪怕有一丝希望，乔治也想把提米弄进屋里来。她把自己那份面包和果酱全部给了提米，一块一块地朝下扔着，同时还仔细听着提米的吞咽声。不管怎样，老伙计提米肯定知道乔治是多么地关心和爱护它！

"大家听着，"朱利安从外面的走廊——他在那里站了好一会儿，聆听四周的动静——走了进来，说，

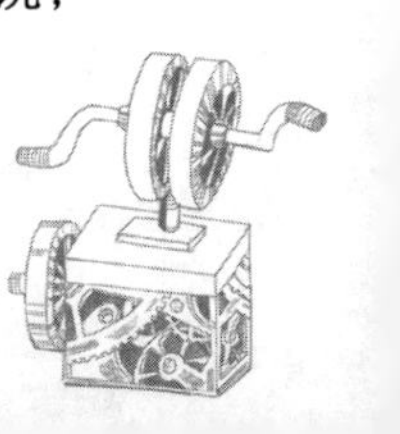

“我觉得接下来咱们把灯熄灭，然后一个个躺下来会是一个好主意。可是我要做一个酷似自己的假人躺在地毯上，以便如果有人进来，他会以为我就躺在那里。可实际上我并不在。”

“那么你要去哪儿呢？”安问，“不要丢下我们！”

“我要去藏在外面那个橱柜里，”朱利安说，“我有一个预感，那位‘热情好客’的主人——伯顿先生，过不久就会把我们锁起来。我可不愿意被锁起来！我想他会拿一个手电筒扫一下屋子，然后看到我们四个都老老实实地躺在地毯上睡觉，而后把门悄悄地锁上。这样一来，我再从橱柜里出来，就能打开门，我们几个才不会被囚禁。”

“好啊！好主意！”安说，一边拿起一块毛毯把自己裹起来，“朱利安，你最好现在、马上就过去。在我们被囚禁之前。”

朱利安吹灭油灯，踮着脚尖来到门旁，打开一条缝，钻了出去。他走到走廊上，跌跌撞撞地摸到橱柜的所在。哦，终于找到了。他扳一下橱柜门把手，门轻轻开了。他顺势溜了进去，橱柜门留着一条缝，这样他能从里面观察是否有人过来。

朱利安等啊等，等了将近二十分钟。橱柜里的气

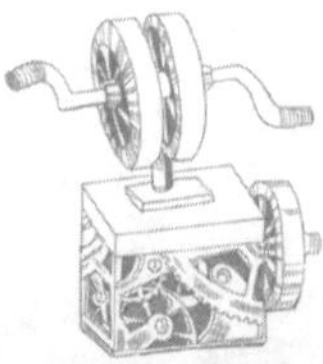

味并不咋样，有一股霉味儿。朱利安光是站着，啥也不干，还真是挺无聊。

就在这时，朱利安透过门缝，依稀看到有一束光出现了。有人来了！

他扒着门缝朝外窥视。他看到伯顿先生远远地从走廊的一头走来了，手里提着一盏小小的油灯。他来到孩子们睡觉的卧室，推开门。朱利安屏气凝神，一直盯着他。

伯顿先生是否注意到了其中一个躺在床垫上的“人”——其实只是用毛毯裹的，并且还盖着一条毛毯——了呢？朱利安热切地希望不会被发现，要不然整个计划就要泡汤了！

伯顿先生高举着手里的油灯，仔细朝屋里打量了一番。他看到了四个躺在垫子上的拱起来的形体——就是四个孩子，他这么想着。

很明显，四个孩子看起来都进入了梦乡。伯顿先生轻轻地关上房门，而后又轻轻地锁上。朱利安无比担心地看着他是否会把钥匙从门上拔下来装进他的口袋里。没有，他没有拔掉钥匙！钥匙还在门上！谢天谢地！

伯顿先生走了，小心翼翼地。他没有下楼，反而走进橱柜右手边不远处的一间屋子里。“咔嗒！”朱利

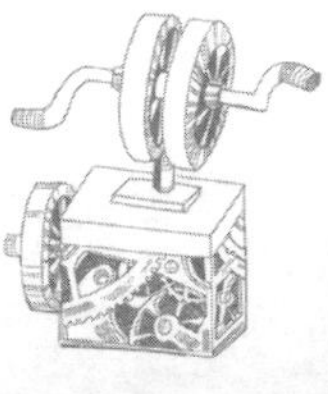

安听到一声轻微的关门声。而后又传来一声“咔嗒”。很显然，那个男人把自己锁在了屋子里。也许他并不信任自己的同伴，管他是谁——驼子或者那个女人。

朱利安耐心等了半晌，才从橱柜里钻出来。他悄然接近伯顿先生所在的房间，趴在钥匙孔上想看看里面是否亮着灯。噢，没有亮灯！伯顿先生在打鼾吗？只可惜朱利安听不到。

不过朱利安已经不打算去听一听伯顿先生是否在打鼾了，他要去寻找狄克——而且他非常能确定的第一个地方就是楼顶那间阁楼！

“我猜，当我朝上面抛石头块的时候，伯顿先生应该就和狄克在一起，而且也听到了声响。”朱利安心想，“然后他就下了楼，打开一扇窗户，引诱我们进来。接着我们几个就都掉进了陷阱！他肯定就在屋里等着我们。我真讨厌伯顿先生——他太会打算盘了！”

朱利安正走在通往阁楼的楼梯上——走得小心翼翼，如履薄冰，唯恐发出一点声响。可是楼梯还是会有嘎吱嘎吱声——每响一下，朱利安都要停下来谛听四周的动静，观察一下是否有人。

朱利安走到楼梯尽头，站在楼梯口，看到左右两边各伸展着一条长长的走廊。朱利安停下脚步，内心

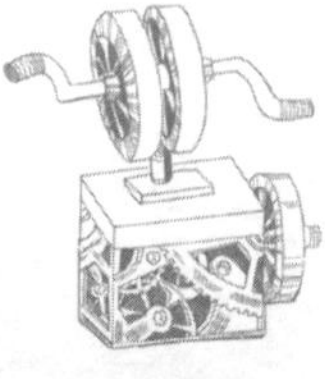

在斗争——接下来，他要朝哪边走？那间亮着灯的屋子到底在哪里？无奈之下，他只好沿着走廊一间一间查看，借助钥匙孔或者房门底部看看里面是否有光。

房门一个挨一个都是微开着的。朱利安每一间都偷偷瞥一下，有的屋子里伸手不见五指，有些就是杂物储藏室，堆满了废弃物。过了一会儿，他走到一间房门紧闭的屋子，他从钥匙孔朝里看看，也是漆黑一片。

朱利安轻轻地敲了一下门，里面马上就有一个声音传了出来。是狄克的声音。“是谁？”

“嘘！是我，朱利安，”朱利安压低声音，说，“狄克，你还好吗？”

紧接着是一阵被子掀动的窸窸窣窣声，和双脚踩在地板上的嘎吱嘎吱声。狄克的声音再次通过房门传了出来，压抑而谨慎。

“朱利安吗！你怎么会来到这里？太不可思议了！你能打开房门让我出去吗？”

朱利安摸索着在寻找钥匙。可是没有。伯顿先生拿走了钥匙。肯定是的！

“不，门上没有钥匙。”他说，“狄克，他们有没有对你怎么样？”

“没啥事儿。他们把我拽到车上，然后又把我塞到

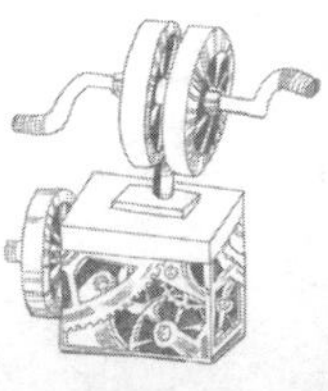

了这个房间里。”狄克透过房门回答说，“那个叫鲁奇的人不在，其他人在这里等了他一段时间，后来又开车走了。他们认为，鲁奇应该是去拜访了一个比较重要的人物。所以我还没见到他。他明天早上过来。当他发现我不是理查德的时候，他估计会被吓到！”

“理查德也在这里呢，”朱利安轻声道，“我真希望他不在这儿。因为一旦鲁奇看到他，肯定会绑架他！目前我们唯一的希望就是鲁奇只见见你，然后就像其他人一样认为我们几个小孩是一家的，然后把我们都放了。狄克，你坐在车里直接就来到了这里吗？”

“是的，”狄克回答道，“当我们到的时候，那个大铁门就跟被施了魔法似的，自动就打开了，但是我并没有看到任何人。然后我就被拖到了这里锁了起来。其中有一个人过来和我说，等见到鲁奇，自会处置我。之后，他突然就下了楼，到目前为止再也没上来。”

“嗯，我猜就是刚才我们朝上面扔石块的时候吧。”朱利安立马想到了什么，“你听到了吗？”

“是的，我听到了撞击声！那个男人听到后立马就穿过房间走到窗户边朝外张望，他肯定看到了你。朱，你现在怎么样？你究竟是怎么来到了这里？你们几个都在这儿吗？另外，我认为我听到了提米在外面

的叫声。”

朱利安言简意赅地告诉了狄克他们所经历的事情，从他和乔治遇到大吼大叫的理查德开始那一刻，直到他偷偷爬楼梯上来找到狄克为止。

朱利安讲述完，他们沉默了一会儿。然后狄克的声音透过门缝传了出来：

“朱利安，现在想太多也都无济于事。如果一切顺利，到明天早晨，等鲁奇发现我并不是他要的人，兴许我们大家都会被放了。不过如果出现啥意外，我们被关到了一起，到时候再做打算也不迟。我很好奇的是，理查德整夜没有回家，他的妈妈会怎么想呢？”

“也许会认为他去了他姑姑家吧，”朱利安说，“我早就应该想到他是一个不可靠的人。真可恶！都是因为他，我们才落到如此地步。”

“明天早上，当他们发现你并不是理查德的时候，我在想这些人会编些什么瞎话来解释为什么抓了你，”朱利安继续说道，“他们也许会说，你朝他们的小汽车上扔石头，或者其他什么由头，然后他们就捆了你；再或者，他们发现你受伤了，然后把你带过来救治！无论他们怎么说，咱们也不要纠缠太多。我们安静地离开就是了，我们要行动起来！我也不清楚这里都发

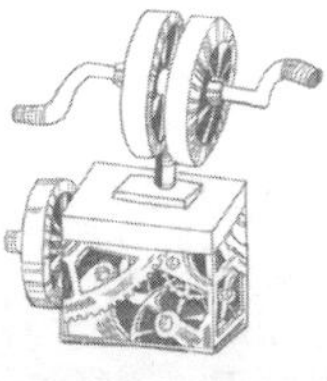

生了什么，不过总感觉可疑处很多。我敢肯定，警察应该过来检查检查。”

“快听，提米又在叫了。”狄克说，“我猜好像在叫乔治。朱利安，你最好赶紧离开吧，以免提米的叫声惊醒了这里的人，然后被他们发现你在我这边。晚安，朱利安。得知你们就在附近，我超级高兴！太感谢你们来找我！”

“好的，晚安，狄克。”朱利安说。说完，他沿着走廊往回走。走廊上铺满斑驳的月光。朱利安的双眼紧张地盯着阴影处的黑暗，指不定伯顿先生或者其他人就在黑暗里等着抓他！

万幸的是，没有任何人。提米的吠叫声也渐渐弱了下去。整栋房子陷入一片深沉的静默。朱利安走到楼梯口，下楼回到他们被安排过夜的卧室那一层。到了门口，他停顿了一下。他思索着：要不要再去深入调查一番？现在就是绝好的机会！

他决定了要去。他希望伯顿先生已经沉沉睡去，觉得驼子和那个女人应该也已经睡着了。他很好奇其他的人会在哪里，然后又是谁把狄克带到了这里。他还没见过那个人呢。兴许，他坐着他们在大铁门外面看到的那辆黑色宾利出去了。

朱利安下到一楼。一个极好的想法冒了出来。他是不是可以打开房门，然后把大家放出来，再把大家都送走？不过他自己要留下，因为不能把狄克一个人撇在这里。

很快，他就否定了自己。“不行啊，”他心想，“顶重要的是，乔治和安肯定不会离开的。再说了，就算她们愿意离开，走到了大铁门那儿该怎么办？如何打开大铁门？铁门是被这栋房子里某种机器操控着的。”

所以，朱利安的灵光一现化为泡影。他打算把一楼的所有房间都查看一番。他首先到了厨房，里面的火几乎已经熄灭。月光透过窗帘的缝隙洒到厨房，照亮了这个安静而漆黑的屋子。很明显，驼子和女人已经去某个地方睡觉了。

看过厨房，朱利安觉得那里没什么新奇之处，便转向厨房对面的房间。这间是餐厅。内置一张光可照人的桌子，墙上以及壁炉上都装有烛架，壁炉里还隐约残留着星星点点火光。餐厅也很普通，没有可疑之处。

朱利安又走到另一间屋子。这是一间工作室吗？或者说不清是什么。房间里有一张大大的桌子，上面放着一台收音机。旁边立着一件稀奇古怪的仪器，上面有一个坚实的类似车轮子的把手。朱利安突发奇

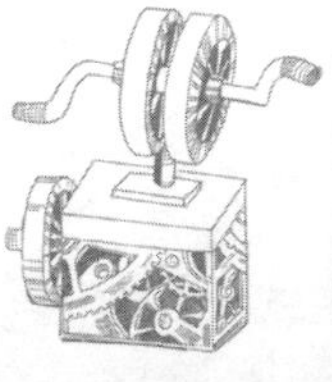

想：这个把手是不是可以打开大铁门！是的，他猜对了。这时，他看到仪器上面贴着一个标签：左边门、右边门、全开。

“找到了！这个就是操控大门开关的机器。要是能把狄克救出来，我立马就能带大家逃离这个鬼地方！”朱利安自言自语道。

他试着扭了一下把手。

会发生什么呢？

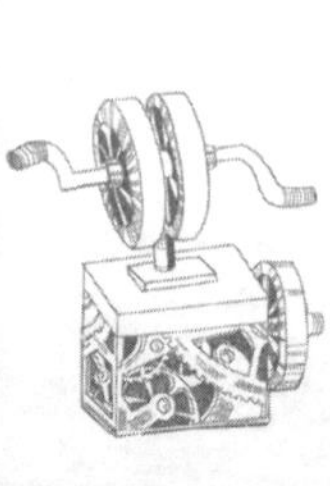

这个把手是不是可以打开大铁门

想想吧

1. 朱利安藏到了哪里？

2. 估摸着孩子们睡着了时，伯顿先生做了什么？

3. 朱利安在哪里找到了狄克？

4. 在一间类似工作室的屋子里，朱利安有了什么重大发现？

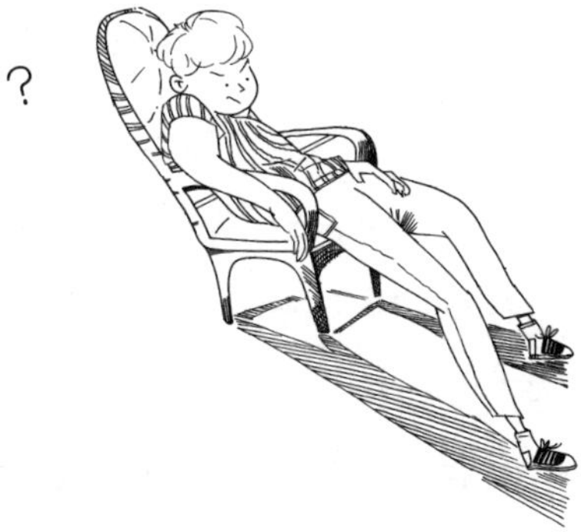

第十三章　古怪的秘密

朱利安扭动了一下把手。瞬间，不知从哪里传来低沉而奇怪的轧轧作响声，就像一些强大机器开始运行时的噪声。朱利安迅速又扭了回去。如果噪声持续，他估计再也没有机会用自己的双手打开那扇大铁门了！因为噪声会让伯顿先生火速冲过来。

“不管怎么样，这个东西还真是巧妙。”朱利安心想。借助微弱的月光，朱利安仔细检查了一下这个仪器。之后，他环顾四周。一个声音传到他的耳朵，朱利安立刻站住，一动不动。

“有人在打鼾。”他想，“看来我要停止在这里的活动了。不过，打鼾的人在哪里呢？可以确定的是，就在附近，肯定不太远。”

朱利安踮着脚尖，轻轻地走进隔壁的屋子里，放眼望去。这里是起居室，可是并没人。他也听不到鼾

声了。

朱利安有点困惑。附近好像已经没有可以睡觉的房间了。他又返回了那间工作室，或者是书房的屋子。不错，那个鼾声又出现了。的确就是有人在打鼾！此人就在他的附近，但还是有点距离，因为声音听起来并不是很确切，而且也看不到人影。这是最怪异的地方。

朱利安悄悄地在屋子里走动，试图找到鼾声听起来最大声的地方。找到了，就在高高的、直抵天花板的书架旁。难不成挨着这间工作室的这堵墙后面还有一个房间？朱利安走出去瞧瞧。但是并没有——目之所及，只有一条走廊。真是越来越不可思议了！

他返回工作室，走到书架旁。鼾声再次响起。就是有人在附近睡觉并打鼾。可是到底在哪儿呢？

朱利安开始检查书架。书架上密密麻麻摆满了各种各样的书：小说、传记、工具书等，乱七八糟的。他从一个隔板上挪出几本书，伸手检查一下书架后面的墙壁，发现后面也就是一般的嵌板。

把书放回去，他再次仔细查看这个大大的书架。它可真大啊，且异常坚固！在月光下，朱利安细细检查书架上的书。就在这时，他发现，其中有一个隔板

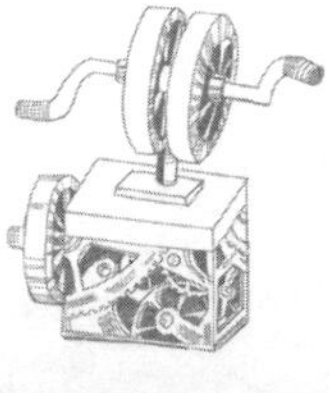

上的书与众不同——没有那么整齐，而且书也不多。为什么就这一个隔板特殊呢？

朱利安很快把那个隔板上的书拿了下来，可隔板后面仍是嵌板。朱利安把一只手伸过去摸了摸。终于有了发现，朱利安在角落里摸到一个按钮。竟然有一个按钮！按钮是做什么用的呢？

朱利安小心翼翼地左右扭动按钮，然而什么也没发生。他又摁了摁，还没什么变化。他再朝外拉一拉——竟然拉出来约莫 6 英寸[1]。

紧接着，这片特殊隔板后面的嵌板开始缓缓下降，直到出现一个足够一个人钻进去的开口。朱利安屏住呼吸：一扇可以活动的嵌板。后面会有什么呢？

可以看到的是，里面有一束暗淡的摇曳不定的光。没有了明亮的月光，朱利安静静等了一会儿，好让自己的眼睛适应那里面的黑暗。他兴奋地直打战。此时，鼾声如此之大以至于他感觉好像只要一伸手，就能摸到打鼾之人！

渐渐地，随着他慢慢适应了里面的光线，他识别出一个迷你小屋。那里有一张小而窄的床，一张桌

---

① 英寸：长度单位，1 英寸等于 2.54 厘米，1 英尺等于 12 英寸。

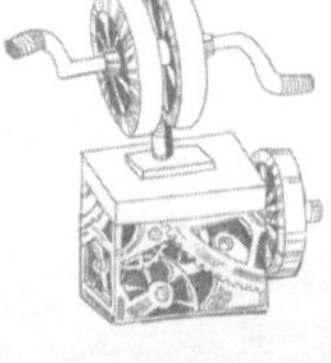

子，还有一个架子——能模模糊糊地看到上面放着一些物品。角落里点着一支蜡烛。打鼾者现在就在床上。朱利安无法看清对方的长相，只能看到他躺在那里粗壮的身体线条，而且鼾声平稳。

“看看我找到了什么啊！”朱利安心想，“一个密室——我猜这里能藏各种各样的人。谁会有钱付得起这么一个隐秘而安全的地方呢？这个家伙应该被提醒了不要打鼾！可是他却打了，他把自己给暴露了。”

朱利安不敢逗留太久，以过多地打探这间古怪的密室。它肯定是建于工作室的墙壁与走廊的墙壁之间——兴许在当初建房子的时候，就已经有了这么一个古老的藏身处。

朱利安找到刚才的按钮。他把按钮摁了回去。嵌板缓慢地上升，鼾声也渐渐变弱。朱利安不由得慨叹：这个机关运行得可真不错！

鼾声再次变得低沉，朱利安把书放回原处，大致就按照刚才他看到时的样子。

朱利安倍感震惊。在一定程度上，他发现了鹰谷的一个秘密。警察肯定会对这个密室感兴趣。也许他们会对住在里面的人更感兴趣。

当下最为关键的就是，他和其他人必须尽快逃出

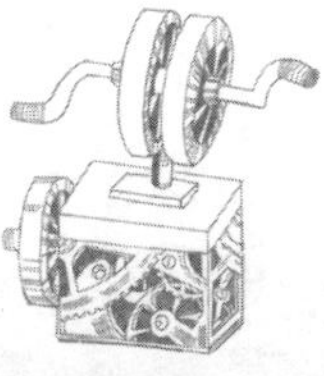

去。如果留下狄克一人，会不会有事？不可。如果那些人涉嫌一些肮脏的交易——比如他们发现朱利安知道了这个密室——他们会伤害狄克的。朱利安懊悔而痛苦地决定，除非所有人，包括狄克，都被解救了，否则他绝对不会逃走。

朱利安不打算再继续探索了。的确，他突然感到特别疲乏。他静悄悄地上了楼梯。他觉得自己必须躺下来好好想一想。他实在是太累了。

走到卧室门口，钥匙依然插在门上。他走进屋子里，关上门。伯顿先生明天早上会发现门没有上锁，不过他应该会认为是自己忘记了。朱利安躺到了理查德旁边的小毯子上。大家都睡着了。

躺下后，朱利安本想在脑海里再整理整理所有的疑问，可是呢，还没闭上眼睛，他就陷入了沉沉的梦乡。他不再听见外面提米的吠叫，也听不到飘散在山间阴森恐怖的猫头鹰的尖叫声。他也没有看到月亮已渐渐滑落夜空。

第二天早上，那个女人叫醒了熟睡中的孩子们，而不是伯顿先生。她来到卧室，朝孩子们喊：

“想要吃早餐的，最好现在就起床。”

所有人立马匆忙坐起来，同时四处张望自己到底在

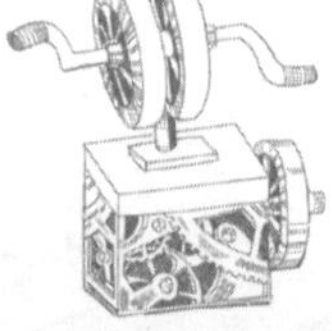

哪里。“早上好！”朱利安揉着惺忪睡眼，说，“你说早餐吗？听起来好像不错。请问哪里可以供我们洗漱？”

“你可以下到厨房去洗漱。”女人突然说，“我可不会为了你们而去清扫洗手间！”

“那就请把门开着，以方便我们进出！”朱利安不耐烦地说，“伯顿先生昨天晚上就把门给锁上了！”

“他的确是这样说的，”女人回答道，“可是他并没有锁，今早上我过来开门时发现的。啊哈，你不知道对不对？哼，如果被你们知道了，指不定你们要在这栋房子里作什么妖呢！”

“也许真的会呢。”朱利安附和道，同时朝其他人眨眨眼睛。其他几个孩子都知道他昨晚上出去寻找狄克了，可能也在附近转了转，但是，他们还不知道朱利安的重大发现。昨晚睡觉前，朱利安真的是有心无力，所以就没有叫醒他们并告知他所发现的一切。

“利索点儿，别磨磨叽叽的。”女人说，然后走出卧室。她没有关门。

“我希望她能给楼上可怜的老伙计狄克也送点早餐。”朱利安轻轻地说道。其他人都朝他凑过来。

“朱，你昨天晚上找到狄克了吗？”安耳语道。朱利安点点头。接着，他迅速而轻轻地告诉大家他的所

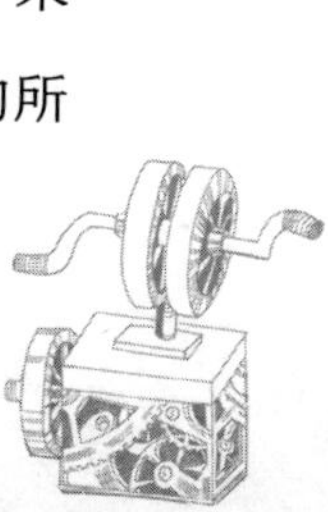

有发现——狄克在哪里，之后他如何听到鼾声，再之后如何发现一块神秘的嵌板和一间密室，以及密室里那个酣睡的人，并且对方没有发现他。

“朱利安！这也太令人震惊了！”乔治说，“究竟会是谁掌控着这些事情呢？”

“噢，对了，我还发现了控制大铁门开关的机器。”朱利安说，“机器和那间密室在同一个屋子里。但是各位，咱们现在得赶快到楼下厨房里去洗漱了，否则那个女人又会过来催。我希望驼子别在那儿，我可不喜欢他。”

不过呢，驼子恰好就在厨房。他坐在一张小桌子旁边刚刚吃完早餐。他凶狠地看看孩子们，可是他们压根儿就无视他的存在。

“你们就是磨蹭！”女人嘟嘟囔囔地说，“如果想洗脸，那边有一个洗手池，旁边已经放了一条毛巾。你看起来脏兮兮的，你们都很脏！”

“我们就是很脏啊，”朱利安快乐地说，“昨晚上我们就应该洗个澡，可是很明显，你知道的，我们并不受欢迎。”

洗漱完毕，他们来到一个巨大的擦拭明亮的桌子旁。上面并没有铺桌布。女人端过来一些面包、黄

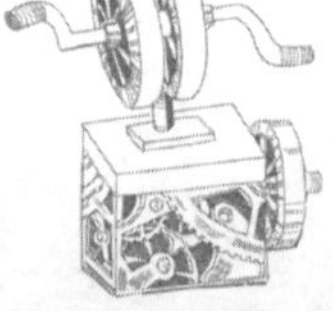

油、熟鸡蛋和一壶煮沸的热可可。他们围着桌子坐下来，开始吃早餐。朱利安开心地哈哈大笑，同时朝其他人使眼色，要他们像他一样。他不想让那个驼子认为他们很害怕或者担心什么。

“你们给我闭嘴。”驼子猛然喊了一声。朱利安就当没听到，继续说啊说。乔治则大胆地回应着朱利安。安和理查德听到驼子的那声怒吼，被吓到了。

“你们难道没有听到我的话？”驼子再次猛然吼叫起来，一边从他坐着的地方站起，“你们所有人，都把嘴巴给我闭上！在我的厨房，就要守我的规矩！都闭嘴！”

朱利安也站了起来。“不管你是谁，我不需要服从你的命令。”朱利安说，“你才要闭上嘴巴，否则就不准管我们！”

“我的天哪，不要这样和他说话，不要……”女人惊恐地哀求道，“他的脾气可是非常……他会拿棍子抽打你的！”

“我才要拿棍子抽他呢，只不过我并不愿意以小欺大。”朱利安说。

在那种情况下，要不是伯顿先生及时出现在厨房，真不知道会发生什么！他怒气冲冲地走进厨房，环顾

一圈，意识到这里正在发生一场争吵。

“驼子，你又乱发脾气了是不是？”他说，“收敛一些，等需要的时候再说。今天也许就有可能，如果这群娃娃不老实，我自然会通知你！”他冷冷地扫了孩子们一眼。随后，他瞥了一眼那个女人。

“鲁奇快到了，”他对女人说，“可能另外还有一两个人。备饭吧，做好吃点儿。驼子，孩子们就待在这里了，你负责看管。晚一点我可能会需要他们。”

说完，伯顿先生出去了。女人浑身都在颤抖。“鲁奇要来了……”她朝驼子窃窃私语。

“赶紧忙你的去，”驼子说道，“你去外面拿些蔬菜，我要留在屋里监视这群娃娃。”

可怜的女人抬脚就跑了出去。安有点可怜她。她走向女人。“要不要我来帮你收拾？”安询问道，“你看起来会很忙，而我也没什么事。”

“我们都来帮忙。”朱利安说。女人吃惊而感激地看了他一眼。再明显不过了，她显然还不习惯如此有礼貌或者温柔的对待。

“嗬，”驼子轻蔑地讥笑道，“你们休想用谄媚的方式骗过我！”

压根儿就没人理会他。孩子们齐动手，清理早

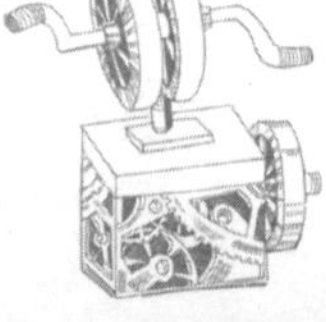

餐吃剩下的东西；安和乔治把餐盘摞到水池中，开始清洗。

“喂！”驼子又吼了一声。

“喂，你！”朱利安满心欢喜地回应他，逗得大家哈哈大笑。驼子立马怒容满面，直到看不清他的眼睛。

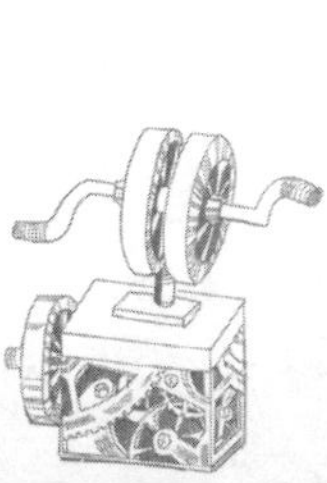

想想吧

1. 书架隔板有什么秘密？

2. 第二天早上，孩子们睡觉的房间上锁了吗？

3. 谁要来了？

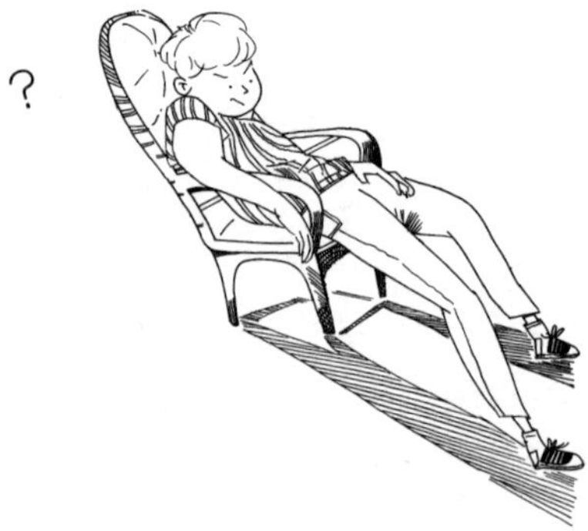

第十四章　鲁奇发怒了！

约莫一个小时后，起初是奇怪的吱吱呀呀声，渐渐转为低沉的震动声传来。理查德、安和乔治吓得惊跳起来。可是朱利安心知肚明。

“大铁门要开了。”朱利安告诉他们。乔治等人恍然大悟，方才想起朱利安曾和他们描绘过机器运行打开大铁门时的声音——貌似车轮的一个把手，贴着标签：左边门、右边门、全开。

“你怎么会知道?！”驼子立刻满腹狐疑，且吃惊地问道。

“噢，我猜的。”朱利安轻快地回答道，“如果猜错了，请你纠正我。只是我禁不住就会想起大铁门打开了，而且鲁奇的车正在进来呢。”

“狡猾的小子，总有一天你会自食其果！”驼子咕哝着，一边去开门。

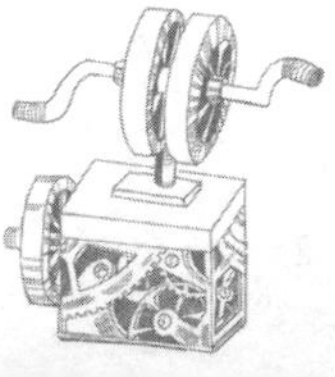

“两岁的时候我妈妈就这样说过我了。”朱利安毫不示弱。其他人咯咯直笑。如果说有什么完美反击，那么朱利安则绝对够得上资格！

他们一起趴到窗户边。乔治打开窗，看到提米就卧在窗下。乔治曾哀求女人让提米也进到屋子里，但是女人坚决不同意。女人给提米扔了些残羹冷炙，又告诉乔治院子里有一个小水池可供它喝水。除了这些，女人再也不理会乔治了。

“提米……”当听到小汽车的引擎轰鸣声渐渐出现时，乔治喊道，“提米，待到这儿来。不要动！”

她很害怕提米会冲到房子前门处，然后攻击任何从车上下来的人。提米诧异地抬头望着乔治。它对所发生的这一切困惑不已。它为什么不能和乔治一起待在房间里？它很清楚有些人不欢迎狗狗进入他们的房子，而乔治从来也不会去这些人家里。同时让它想不通的是，乔治为什么也不出来找它呢？

就比如现在，乔治一直就靠在窗户边。它能听到她的声音；如果后腿靠着墙直立起来，它甚至能舔一舔她的小手。

“关上窗户，进来！”驼子恶狠狠地命令道。看到乔治和提米被生生分开，他在一旁幸灾乐祸。

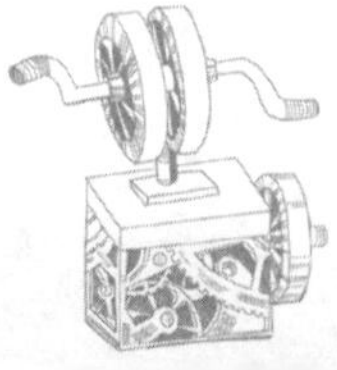

“车来了。”朱利安说。他们都把目光投过去，同时互相瞥了一眼——KMF102——就是那个车牌号！

黑色宾利车缓缓驶过厨房的窗户，来到前门。三个人走了下来。理查德不由得朝后缩去，他的脸色变得苍白。

朱利安抬起眉毛朝理查德瞥了一眼，意在问他是否能认出鲁奇。理查德痛苦地点点头。现在，他已经被吓得魂飞魄散。

低沉的吱吱呀呀声再次响起。大铁门被关上了。客厅里传来了说话声，那些人走进了其中某一个房间，随后听到砰的一下，门被关上了。

朱利安琢磨着是否能偷偷溜出去，上楼看看狄克是否无恙。想着驼子正忙于洗刷一堆脏鞋子，他悄悄地侧身移到门边。不料，驼子刺耳的声音立马响起：

“你要去哪儿？如果你胆敢违抗命令，我立马就去告诉伯顿先生——你可别后悔！”

“这栋房子里的许多人很快就要为自己的所作所为感到后悔，”朱利安乐呵呵又义正词严地说，“驼子，你可要当心点！”

驼子瞬间脾气爆发，他抓起正在刷鞋的刷子径直砸向朱利安。朱利安则灵巧地一下子接住，反手扔到

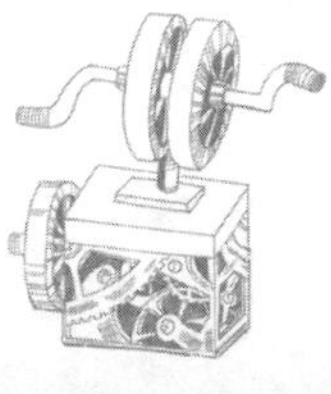

高高的壁炉上。

“多谢了，”朱利安挑衅道，“再来一只？”

“噢，可别……”女人恳求道，“你不知道他发起疯来会是什么样子。赶快停止吧！”

此时，有人打开门从刚才那个房间走了出去，接着上了楼梯。“他们定是去带狄克了。”朱利安马上想到了。他站着一动不动，侧耳听着外面的动静。

驼子找到另一个鞋刷继续刷鞋子，低声咕哝着，咒骂不已。其他人和朱利安一起，静静听着。他们也猜到了，狄克要被带下来去见鲁奇。

不久，外面传来了下楼的脚步声。应该是两个人，一前一后。是的，狄克肯定就在里面。他们听到了狄克的声音。

“松开我的胳膊！我自己会走，不要拽着我！”狄克大声吼着，怒不可遏。好样的，狄克！要不是被硬拉硬拖着，狄克不会有如此强烈的反抗。

狄克被带到了一个房间，那里面有三个人在等着。随后，有人大声吼叫道：

“他不是！你们这群傻瓜，抓错人了！”

驼子和女人也都听到了。二人面面相觑：是不是弄错了什么？他们走到门边，默默地站着。孩子们站

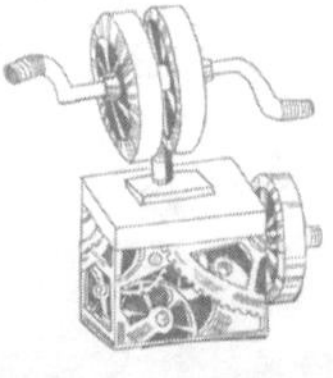

到他们身后。朱利安悄悄地把理查德带到旁边。

“把你的头发抹上煤灰，”朱利安小声说，“理查德，把你头发弄得尽量黑一些。如果你头发是黑的，那么那些人过来估计就不会轻易认出你。快点，趁别人都没注意到。”

朱利安手指着壁炉。那里面的确都是黑色的煤灰。理查德伸出颤抖的手，抓起一把煤灰，抹到他金色的头发上。

“再来点，”朱利安仍小声说，“多弄点！不用怕，我挡在你的前面呢，别人看不到你在做什么。”

理查德抓起煤灰朝自己的头发抹啊抹啊，直到朱利安点点头表示满意。理查德的头发现在看起来几乎全黑，他看起来有点不同于之前了。朱利安希望安和乔治看到这些变化时不要大惊小怪。

很明显，客厅那边的房间里仍在持续着争执。他们不断提高嗓门，可是站在厨房门后面的孩子们却几乎听不到他们在说什么。他们也听到了狄克的声音。之后，四周突然陷入一片寂静。

“我早就和你说了，抓错人了！现在，必须放我走。听明白没有！”

驼子猛然间把所有人从门后面推出来——唯独剩

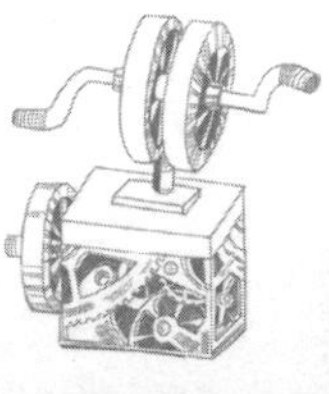

下可怜的理查德站在阴暗的角落里瑟瑟发抖！

“他们要过来了，”他从牙缝里传出嘶嘶声，“你们赶紧给我从门后面回来。”

大家照做了。驼子又捡起鞋刷子开始刷鞋，女人开始削土豆皮，孩子们则找到了一些老杂志，专心看了起来。

脚步声逼近厨房了。房门被一脚踢开。伯顿先生立在门口——身后站着另外一个人。肯定没错，就是他了！

厚厚的嘴唇，大得出奇的鼻子，是的，他就是鲁奇——他曾经是理查德父亲的贴身保镖，他非常憎恨理查德。因为理查德的谎言，他被理查德的父亲毫无尊严地赶走，颜面扫地。

理查德藏到众人后面，缩在一角。当注意到他的头发时，安和乔治都不由得大吃一惊，不过二人都很识趣地保持沉默。驼子和女人好像都没有发现什么异常。

狄克就和那两个人在一起。他朝大家招招手。朱利安咧嘴笑了笑。好样的，狄克！

鲁奇瞟了一眼屋里的这四个孩子。他的目光在理查德身上停了一下，不过又移开了。他没有认出理查德！

“好了吧，伯顿先生。”朱利安说，“看到你把我弟

弟从昨晚上囚禁他的那个地方带下来，我真是太高兴了。我想，现在意味着他可以和我们待在一起了。昨天晚上你为什么要把他带到这里来，而后囚禁了他，我实在是想不通。”

“噢，是这样，”伯顿先生说，语气完全不同于昨天，“情况是这样的，坦率地说，我们的确弄错了一些事情。你不需要知道为什么以及怎么发生的，这些和你无关。总之，他不是我们要找的人。”

“我告诉过你，他，是我的哥哥！”安说。

“请冷静，”伯顿先生礼貌地说，“很抱歉，我没有相信你，才导致现在这个状况。现在呢，为了表示歉意，我们要送给你们每个人一件慷慨的礼物，或者比如说十英镑，你们可以买个冰淇淋吃，等等。然后，你们可以想去哪儿就去哪儿。”

“记住，不准随便和任何人说起这些事。”鲁奇突然威胁道，“听明白没有！我们的确搞错了，但是你们不得随意讨论。如果你们胆敢胡诌，我们就说这个男孩子在森林里迷路了，我们出于同情，才把他带到这里过夜。至于你们，则是被我们发现私闯民宅。听懂了没？”

“我听得一清二楚。”朱利安轻蔑地说，“如果我接

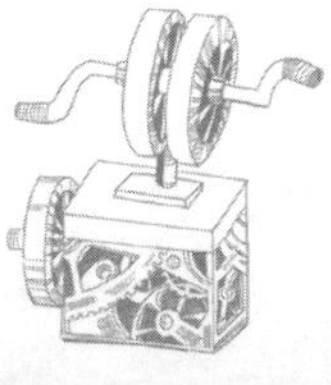

受了礼物，是不是意味着我们现在就可以走了？”

“没错。”伯顿先生说。他把手伸进口袋，掏出一些硬币，每人分发两个。其他人都抬眼看看朱利安，好像在询问是否要接着。没人愿意收下伯顿先生的施舍。可是，他们也很清楚，如果朱利安接了，那么自己也得接。

朱利安爽快地收下那两枚硬币，而后利索地装进口袋里，没说一句谢谢。其余人也照做了。理查德始终埋着头，希望那俩人不会发现他的膝盖一直在发抖。他真的太害怕鲁奇了！

“现在你们可以走了。”当十枚硬币分发完毕，鲁奇命令道，“忘记这里的一切，否则有你们好看的！”

他打开通往花园的门，孩子们一声不吭，鱼贯而出，幸好理查德走在中间。提米正在等着他们。它大叫一声以示欢迎，然后整个身子扑到乔治怀里。它依偎在乔治怀中，上下左右可劲儿舔着乔治。它望了望厨房的门，而后朝大家吠叫，貌似在问：“是否需要我上？”

“不用，”乔治说，“提米，和我们一起就好。咱们要尽快离开这里。”

“快点，把你们的硬币都给我。”当他们走过一个

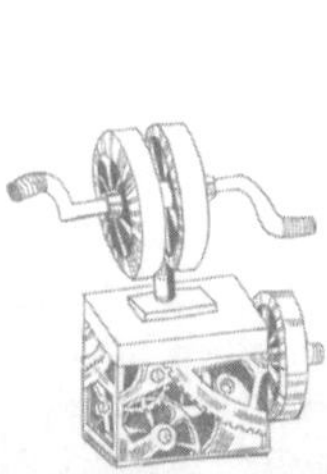

拐角，走出厨房窗户的视线时，朱利安压低嗓门说。大家把硬币都给了他，同时觉得有点不可思议。朱利安拿这些硬币要做什么呢？

女人从厨房走了出来，目送孩子们离开。朱利安朝她招招手。她看到了，满腹狐疑地走到花园里。“这些给你。”朱利安说，一边把硬币放到她的手心，“我们不需要。”

女人捧着这些硬币，只觉得讶异。片刻，她的双眼溢满泪水。“为什么给我……这可真是一大笔钱……噢，我不能收，你拿回去。你是个好孩子……是的，非常善良。”

朱利安转身离开了，满心欢喜而又震惊不已的女人直愣愣地望着他的背影。朱利安跑着追上大家。

“你这个主意非常棒！”安温暖地说道。其他人也非常赞成。他们对这个可怜的女人充满怜惜之情。

“走吧，”朱利安说，“我们必须赶在大铁门关闭之前出去！快听，你们是不是听到了房子那边传来嘎吱嘎吱的噪声？有人在操作机器打开大铁门。谢天谢地，我们被释放了——还有理查德。我们还算有点运气！”

“是啊，我超级害怕鲁奇会认出我，尽管我的头发

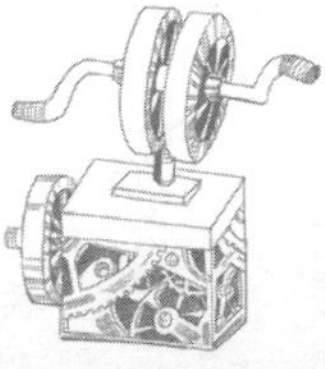

被抹成了黑色。”理查德说，他现在看起来高兴多了，“噢，看，快到路的尽头了，大铁门敞开着呢。我们自由啦！”

“我们要去取自行车，”朱利安说，“我还记得车子放在了哪儿。理查德，你可以坐到我车子的横梁上。因为我们缺一辆车子。狄克需要骑他自己的车，之前是你骑过来的，还记得吧？看，车子在这里。”

所有人都跨上自行车，沿着主干道前行。猛然间，安发出一声尖叫。

“朱利安！看，快看——大铁门正在关闭。快快快，要不然我们就被关里面了！”

大家都恐慌地看到：大铁门的确正在缓缓关闭。他们拼命骑啊骑啊，然而一切都晚了。待到他们终于冲到，大铁门已经迅速完全闭合，任凭他们使劲儿摇晃也打不开了。

他们明明马上就可以出去了！

想想吧

1. 谁敢于和驼子回嘴？
2. 鲁奇为什么没有认出理查德？
3. 朱利安把硬币全都给了谁？

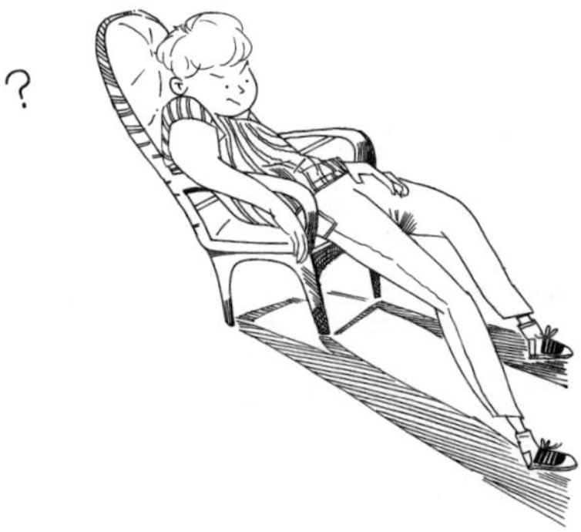

第十五章　囚禁

他们集体坐到了草坪边上，不停地叹息着。

“我们都快要出去了，他们为什么又这样做呢？”狄克说，“也许是个误会，你们觉得呢？我的意思是，他们是不是没有留给我们足够的时间出去？或者其他原因？”

“嗯，如果是个误会，那么就好办了。”朱利安说，“我这就骑车过去告诉他们大铁门关得太早了，我们还没来得及出去。”

“对，你去吧，”乔治说，“我们在这儿等你。”

然而，朱利安还没跨上车子，就传来了小汽车从主干道驶来的声音。孩子们一下子都站了起来。理查德于慌忙中钻进了旁边的灌木丛。第二次要见到鲁奇，他更加害怕了。

小汽车来到孩子们的面前，停了下来。“没错，他

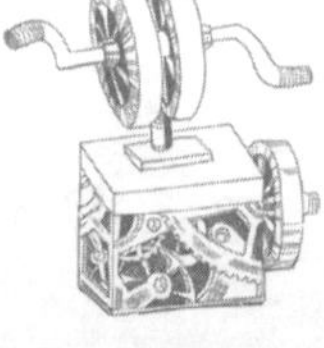

们还在这儿。”是伯顿先生的声音，紧跟着他本人从车里走了下来。鲁奇也下了车。他们朝孩子们走来。

鲁奇拿眼睛扫视了一圈。“另外一个男孩子呢？”他急忙问道。

“这个我不太清楚，”朱利安冷冷地说，“哎呀，我很好奇他是否有足够的时间已经出了大门。另外，伯顿先生，请问你为什么那么快就关了大铁门？”

这时，眼尖的鲁奇发现了藏在灌木丛里瑟瑟发抖的理查德。他大踏步走了过去，把理查德猛然拽了出来。他凑近理查德，仔细打量了一会儿。而后他把理查德推到伯顿先生旁边。

“果然不出我所料，这家伙才是我要的人！他把自己的头发抹了啥东西，怪不得我刚才没有认出。但是他离开的时候，我总觉得哪里不对劲儿，有一种熟悉感，所以我才要再看一遍。”他捏着理查德瘦削的肩膀不停地晃，就像一只狗衔着一只耗子在摇来摇去。

“噢，那么接下来你要怎么做？”伯顿先生闷闷不乐道。

“当然就是先抓住他。”鲁奇回答道，“我现在终于可以报复他老爸了。为了这个十恶不赦的儿子，那个老家伙必须拿出巨额赎金。这一招绝对奏效，信不

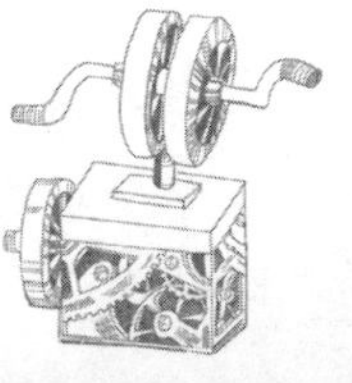

信？而且，加上之前这孩子向他爸爸说我的坏话这一条，我可以一并报仇。可恶的家伙！”

他再次摇晃理查德。朱利安上前一步，脸色显得苍白，却又愤怒不已。

“你住手，”朱利安说，“放开他。你到底玩够了没有？先是绑架我弟弟，无缘无故地把他关起来，再是把我们所有人囚禁了一夜，而现在你又要绑架理查德！你难道不是刚从监狱里出来吗？难道你还想回去？”

鲁奇抓起理查德，一把扔向朱利安。随着一声咆哮，提米冲到他们中间，张口咬住了鲁奇的手。鲁奇蓦地发出一声哀号，急忙按住他受伤的手。他朝朱利安大叫：

“命令它卧下！听到没？”

“没问题，如果你讲道理，我就命令它卧下。”朱利安的神色依旧是愤怒的，“你，现在立马就放我们出去。快回去把大铁门打开。”

提米再次发出恐怖的嚎叫，惊得鲁奇和伯顿先生不由得连连后退几步。鲁奇捡起一块很大的石头。

“如果你胆敢扔石头，我这就放狗！”乔治莫名地感到害怕，于是大喊一声。

伯顿先生连忙夺过鲁奇手里的那块石头。

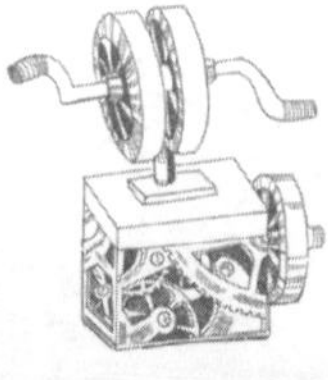

“别傻了，”他说，“那只狗会把我们撕成碎片。丑陋而残忍的畜生。你瞧瞧它的牙齿。鲁奇，看在老天的分上，赶紧放了这群小鬼。”

“不可能！我们必须完成计划！”鲁奇狠狠地说，一边捂着受伤的手，“把他们都给我关起来！大功即将告成。再说了，等我走的时候，必须得带上那只‘小耗子’。哼！我要给他点颜色看看，还有他老爸。”

提米再次发出吼叫。它被乔治驯服得很好。乔治紧紧地抓着它的颈圈。听闻鲁奇的矛头直指自己，理查德浑身直打战，两行泪忍不住簌簌而下。

“畜生，你随便叫吧！”鲁奇对提米怒目而视，“你就等着，看我不抓住你！可悲的胆小鬼、懦夫，你就是这么毫无胆量，只会到处说说谎，骗骗人，从没做过一件正事儿。”

“嘿，鲁奇，你现在最好赶紧到屋里去，把手处理一下吧。”伯顿先生提醒道，“你看，它血流不止。得尽快冲洗，还要在上面抹点什么。你肯定知道，被狗咬伤是很危险的。快点！稍后再收拾这群孩子也不迟。”

情势所逼，鲁奇也只好钻进小汽车里。孩子们默默地看着他，他却从车窗朝孩子们晃了晃另外一只没有受伤的拳头。

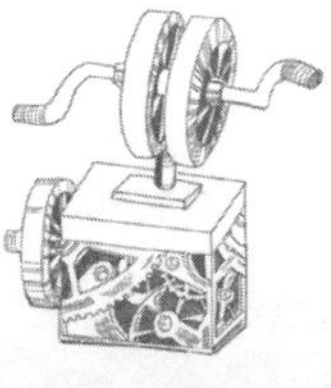

“一群乳臭未干的小屁孩儿！小……”

还未说完，随着汽车发动机引擎的启动，他那些不堪入耳的话被淹没了。伯顿先生启动了车子，先是后退一些，而后掉转车头，他们很快就消失在主干道上。五个孩子再次坐到了草坪边缘。理查德开始大声抽泣。

“理查德，你住口吧！”乔治说，“鲁奇刚才说，你就是一个胆小鬼，毫无胆量，真是一点没错。你可真是名副其实。安也比你强，比你勇敢。我真希望我们从来没有遇到过你。”

听到这，理查德用手抹了抹脸上的眼泪。由于双手本来已沾满了煤灰，再混合进泪水，经这么一掺和，理查德的脸上出现了一道道黑色的印子，看起来又可气又好笑。他看起来是真的愁苦不堪。

“对不起，”他抽了下鼻子，“也许你们不会相信，但我就是那样。我一直以来都是这么懦弱。我无法控制自己。”

“不，你可以控制自己。”朱利安轻蔑地说，“任何人都可以情不自禁地去做一个懦夫。当你只为自己考虑的时候，很容易变得怯懦；但是如果是为他人着想，就不会了。你看，即使是安，当她为我们大家——而

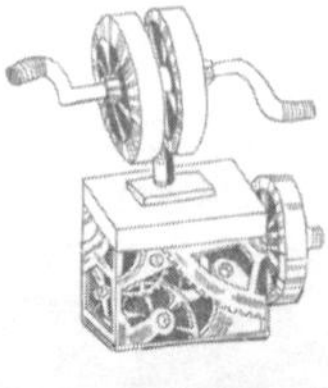

非她自己——担心的时候，她就会变得异常勇敢。如果她愿意，她是不会去做一个胆小鬼的。”

对于理查德来说，这个说法他闻所未闻。他试图擦干泪水，他要振作起来。“我要向你们学习……”他说，声音很模糊，“你们都是好样的。我从来没有过你们这样的朋友。老实说，我不会再让你们失望了。”

“好啊，那我们就拭目以待。”朱利安半信半疑，“如果你猛然间就转变成了一个英雄，那该是多么令人震惊。当然，这是一个好的方面的震惊。不过，同时呢，如果你能暂且停下大吼大叫，让我们说几句话，那就太好了。”

理查德的抽噎声渐渐消隐。不过说真的，他脸上的黑道道让他看起来的确相当怪异。朱利安转向其他人，说：

“太令人恼火了！眼看我们就要出去了。我预测，他们会把我们关进某个屋子里，直到他们完成所谓的‘计划’。可以想象得到，这项‘计划’应该包括把那个隐藏起来的家伙转移到安全的地方。就是我在密室里发现的那个人。”

“理查德突然消失，他的父母会不会报警？”乔治问，一边抚摸着提米。自从再见到自己的小主人，提

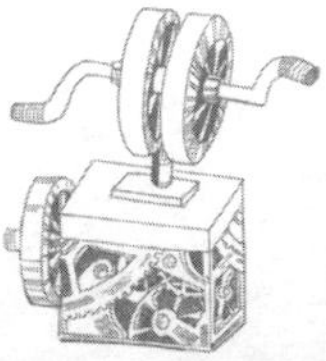

米就一直不停地舔着乔治。

“嗯，他们应该会的。可是那又有什么用呢？警察完全就不知道他在哪儿。”朱利安说，“也没人会知道我们在哪儿。再说了，范妮婶婶也不会担心我们，因为她知道我们现在在外面骑车旅行，也不会给她写信。”

“你觉得这些人走的时候真的会把我带走吗？”理查德问道。

“嗯，在那发生之前，我希望咱们能想办法逃走。”朱利安不想说“是的”。毫无疑问，理查德肯定会被带走。

“我们怎么逃走呢？”安问，“我们绝不可能从那高高的墙上翻出去。而且，我也对会有人从这里——一座荒芜的小山——路过不抱一点希望。就连向人呼救都不可能。”

“邮递员呢？”狄克说。

“他们应该是每天都会派人去取件，”朱利安说，“我觉得他们压根儿就不会让别人来这里。或者是，大铁门外有一个信箱。我还真没意识到这一点！”

他们赶忙起身去看看。他们尽管伸长了脖子朝大铁门外左右观察，也没看到一个可供邮递员投送信件

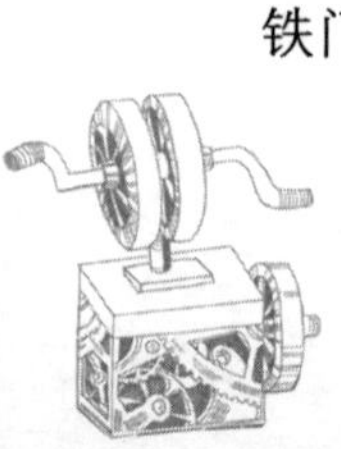

的信箱。所以，他们脑海里升起一个最渺茫的希望，那就是当邮递员来的时候趁机送出消息，然后立马闪开。

“欸，那个女人来了——阿吉，是不是这个名字？”提米“汪汪”叫了两声，乔治突然说道。他们都转头看去。只见阿吉沿着主干道在朝这边走来——难道她是要出去吗？大铁门会不会就此打开？

随着她的临近，他们的希望破灭了。阿吉传达了指令：“噢，你们在这儿呢！我是过来传话的。你们现在有两种选择。第一，你们一整天就原地待着，不可踏入那栋房子半步。第二，你们可以进入那栋房子，然后被关到某个屋子里。”

说完，她谨慎地朝四周望了望，而后压低声音，说道：“真抱歉，你们还没能出去；我真的挺难过的。像我这样一个老女人和驼子被关在这儿已经够糟糕了，可是这里不应该关孩子。你们都是好孩子……”

“谢谢你。”朱利安说，“目前，看在你认为我们是乖孩子的分上，请告诉我们，除了那扇大铁门，还能从哪里出去？”

“没了，没有其他的出口。”女人说，“大铁门一旦关闭，这里就像一座监狱。任何人都进不来。只有令

伯顿先生，还有其他人满意了，你们才能出去。所以你们也不要想着逃跑了，没有一丝希望。”

听到这里，所有人都无言以对。阿吉又左右扭头看了看，以防有人偷听，也许会是驼子，便继续压低声音说道：

“伯顿先生不让我给你们拿太多吃的，而且，他还教唆驼子在给那条狗的食物里下毒。所以，除了我给你们的食物，千万不可让狗狗吃其他的东西。”

“可恶，太残忍了！”乔治哭了出来，一边把提米朝自己这边拉了拉，“提米，你听到了吗？你刚才真应该咬那个伯顿先生一口！”

“嘘！”女人依旧很害怕，“你们也知道，我本不该告诉你们这些……可是你们很善良，又给了我那么多钱……你们真是好孩子。所以，现在请听我的——你们最好就说愿意原地待着。因为如果你们被锁了起来，我就不敢给你们送太多吃的，要不然会被鲁奇发现。而如果你们留在外面就好办了，我可以给你们拿很多。”

“真是太感谢你了！”朱利安说，其他人也频频点头，“不管怎样，我们还是要逃离这里。我猜假如我们被放了出去，伯顿先生可能是害怕我们已经发现了他

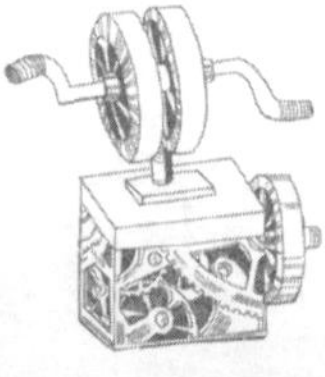

房子里不可告人的秘密！好吧，那就请转告他，我们选择原地待着。吃的在哪儿呢？怎么吃呢？我们不想给你添麻烦，可是一大早的，我们早就饥肠辘辘，而且昨天晚上也没怎么吃东西。”

“稍等，我会给你们送过来。”阿吉说，她好像微微笑了一下，“但是一定切记我刚才说的，不可让狗狗吃驼子送来的任何东西！它会被毒死的。”

就在这时，那栋房子里传来一声怒骂。阿吉仰头听了听。“是驼子的声音，”她说，“我必须得走了。”

说完，她急匆匆地回去了。“完了完了完了，”朱利安说，“他们竟然想要毒死我们的老伙计。哼，这个他们可得三思。对不对，提米，我的老伙计？”

“汪！”提米神色庄重地回应了一声，甚至没有摇摇尾巴。

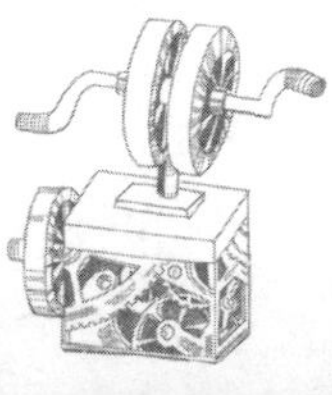

想想吧

1. 提米咬了谁的手？
2. 理查德如何评价自己？
3. 阿吉建议孩子们待在哪里？

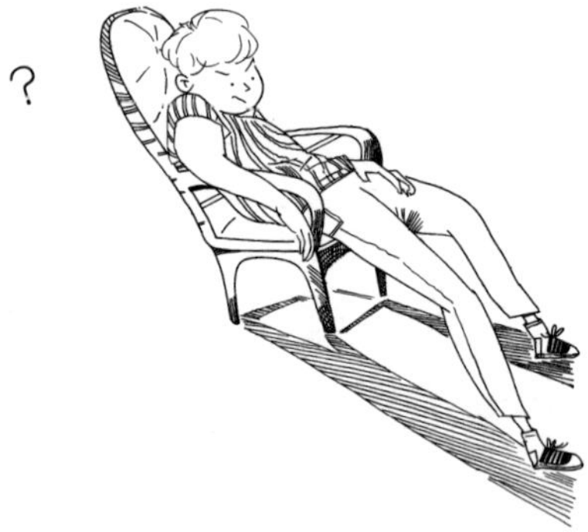

第十六章　阿吉和驼子

“我觉得我想运动运动。”阿吉离开后，乔治说，“咱们在此探索一番咋样？指不定能发现什么东西呢。”

说着，他们站起身来。要去做点什么的想法，把他们从那些奇奇怪怪的问题里抽离出来，让他们一下子开心起来。说来也是啊，谁能够预想到，就在昨天，他们还快乐而悠闲地骑着自行车行驶在暖洋洋的乡间道路上，而今天却被囚禁在这里。真是天有不测风云，人有旦夕祸福。当然，这一切给生活增添了几许新奇与兴奋，可是却把一场好好的骑车旅行搅黄了！

不出意料，“探索”了大半天，他们毫无所获，除了几只奶牛、一大群母鸡和一窝鸭宝宝。很明显，就连送奶工都不会来这里！这里完全就是一种自给自足的生活状态。

“我希望的是，那辆黑色宾利会每天出去，比如到

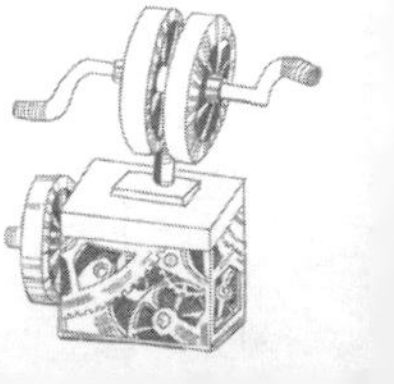

某个镇子上或其他地方，取个信件，买点肉啊鱼啊什么的。”乔治说，“要不然就是，这里——鹰谷——如果有必要，可以数月不与外界联系。这样的话，我猜他们肯定储备了大量的食物。”

“找这么一个地方建房子真是令人不可思议，隐蔽在荒山野岭，被世人遗忘，藏着鬼知道的什么不可告人的秘密……”狄克开始联想了，“朱利安，我很想知道你在密室里看到的那个人——打鼾者——到底是谁。”

“我猜，这是一个甚至不能被阿吉或者驼子看到的人，”朱利安说，“却是一个警察非常想见到的人。”

“好希望我们能逃出这里，”乔治不无渴望地说，“我讨厌这个地方。想做点什么，却没任何用。我更恨那个想要毒死我的宝贝提米的人。”

“放心吧，提米不会被毒死的。”狄克说，“我们不会让这种事情发生。它可以吃我们一半的食物，好不好，提米，我的老伙计？”

提米同意了。它汪了一声，摇了摇尾巴。一个早上它都没离开乔治半步，就跟个水蛭似的黏着乔治。

“好吧，咱们已经逛遍了这里，也没发现什么特别之处。”他们渐渐靠近那栋宅子时，朱利安说，“我估摸着驼子应该是看管奶牛，饲养家禽，种植蔬菜，然

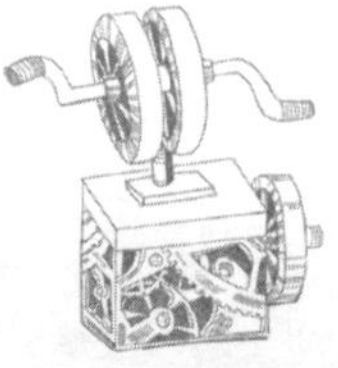

后阿吉负责打扫房间卫生，做饭什么的。快看，驼子来了，他给提米送吃的来了！”

驼子一边走一边朝他们招手。“喂，那狗，给你吃的！”他大喊道。

“乔治，你别吭声。”朱利安悄悄说道，“我们假装喂提米吃，但是实际上却把食物扔一边儿去。等到明天早上，看到提米仍然活着肯定会把他吓一大跳！”

不一会儿，驼子就提着一个桶朝着牛舍的方向走远了。安忍不住发出了咯咯咯的笑声。

“我想到咱们要如何表演了！我们假装提米吃了一半的食物，可是剩下来的不想吃了，于是我们就喂给了院子里的鸡鸭吃。”

“这样驼子肯定会非常恐慌又害怕，因为他立马就会想到那些家禽的死，然后他就会惹麻烦上身。”乔治说，“要好好治治他！走，我们去取那些食物。”

乔治小跑几步，把那碗食物端了过来。提米上前嗅了嗅，就转身走开了。很明显，即使乔治允许，它对这碗吃的也不感兴趣。提米还是很聪明的。

“朱，快，趁着驼子回来之前，拿着那把铲子挖个洞。”乔治说道。朱利安便笑嘻嘻地行动起来了。不到一分钟，朱利安已经在脚下这片松软的草地上挖了一个

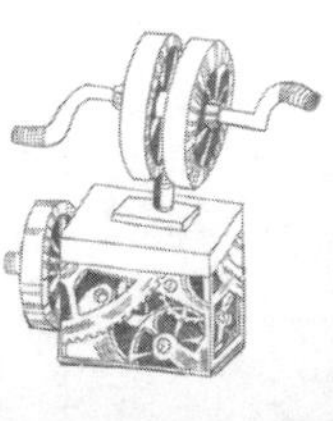

大洞。乔治把碗里的食物一股脑儿倒了进去，而后抓起一大把树叶子把碗擦干净；与此同时，朱利安开始朝洞里填土。一切完毕，不会有动物吃到这有毒的食物了。

“走，咱们去鸡群那边。如果看到驼子就跟他打招呼，”朱利安说，“他肯定会问我们在做什么。哈哈，保准让他吓得魂飞魄散！”

说着，他们走到了鸡舍。一圈铁栅栏围着一群母鸡，他们就站在栅栏外朝里面看。当驼子路过的时候，他们转身和他打招呼。乔治还在假装使劲儿从碗里往鸡群里倒食物。驼子看得目瞪口呆。突然，他朝她狂奔过来，一边大喊大叫：

“住手！住手！”

“怎么了？”乔治天真地看着他说，还假装很认真地越过铁栅栏朝里面倒啊倒，“我不能喂它们吗？”

“这是我端过来给那条狗吃饭的碗吗？”驼子急促地问道。

“是啊！”乔治回答。

“狗没有吃完，然后你就拿来喂我的鸡吗?！”驼子突然暴怒，一把夺走乔治手中的碗。

乔治装作非常生气的样子。“不可以吗！为什么你

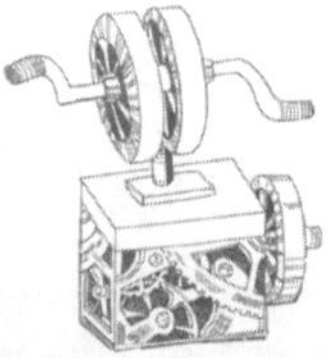

的鸡就不能吃碗里的东西？你给提米端来的食物看起来挺不错的，难道这些鸡就不能吃？”

驼子望着他的那群鸡，仰头长叹。这群母鸡一个个心无旁骛地围在孩子们的脚下不停地啄食，好像就是在吃刚才倒进去的食物。驼子非常确定，明天早上它们一个个都得死去。噢，天哪，他会陷入怎样的麻烦里！

他瞥了一眼乔治。“无知的臭小子！竟然喂我的鸡吃那些东西！你真该好好挨一顿鞭子！”

不错，他把乔治当作男孩子了。其他人在旁边津津有味地看着他。孩子们通过这群鸡好好地教训了一番驼子——谁让他要毒死他们的老伙计提米呢！

目前来看，驼子似乎也无计可施。最后，他从附近的一个工棚里拿出一把硬毛刷走进鸡群里。再明显不过了，以防仍有残留的食物，他决定清扫鸡群里的整片区域。他扫得很费力，孩子们看得很开心，他这是自作自受！

“我还从没见过有人会这么费心地打扫一个鸡舍。”狄克恶作剧般地提高嗓门喊道。

“我也是啊，”乔治立马回应道，“在饲养鸡这方面，他肯定是相当地小心翼翼。”

“要我说，这份工作看起来不是一般地辛苦，”朱

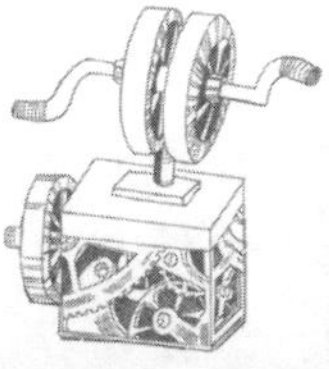

利安说，“不过还好我不用做。但是把地上的食物都清扫掉，是不是太可惜了？简直就是浪费。”

“是啊！”

“是啊！”

每个人都发自内心地表示赞同。

“真好笑，我把他给提米吃的食物倒给母鸡吃一点，他怎么就如此气恼？”乔治说，“我的意思是，这其中必有蹊跷。”

“极有可能。”狄克点点头，“不过，也许他是一个怀疑主义者。”

这些对话，一旁的驼子听得一清二楚。孩子们就是在针对他。他停了下来，绷着脸，邪恶地盯着他们。

“滚开，你们这群害人精！”他说，一边举起手中的扫把，好像要驱逐他们。

“他怎么看起来就像一只愤怒的母鸡。”安也加入“讨论”。

“他马上就要‘咕咕咕’叫起来了。”理查德插了一嘴，引得所有人哄然大笑。驼子气得脸红脖子粗，快跑几步打开鸡舍的门。

“嘿，我突然想到了！他极有可能给提米下毒了，”朱利安大声说道，“所以他才会那么担心他的鸡。天哪，

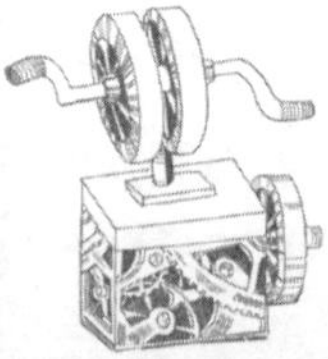

天哪，这不就是老话说的：挖坑害人，必自陷其中！[1]”

听到“下毒”二字，驼子不由得停住脚步。他猛地把硬毛刷扔进工棚，转身一言不发地朝房子走去。

“好了，我觉得他现在已经是得不偿失了。”朱利安说。

“亲爱的母鸡们，你们不要害怕哦。”安朝着铁栅栏里的母鸡们大喊，“你们没有被下毒，我们是不会伤害你们的。”

“阿吉在叫我们呢，”理查德说，“你们看，也许她给我们送吃的来了。”

“但愿如此。”狄克说，“我超级饿。不过大人们看起来好像永远都不知道饿，真是可笑。我为他们感到可怜。”

“为什么呢？难道你喜欢挨饿？”安一边走一边问。

“是的，如果我能预知到前方有一顿大餐。”狄克说，“要不然多没意思啊。我的老天，这是阿吉给我们提供的食物吗？”

窗台上放着一条干巴巴的面包和一块硬邦邦的黄色

① 本句来自《圣经》，原文完整的一句为：He who digs a pit will fall into it，and a stone will come back upon him who starts it rolling.（挖坑害人，必自陷其中；滚动石头的，反遭石头所压。）

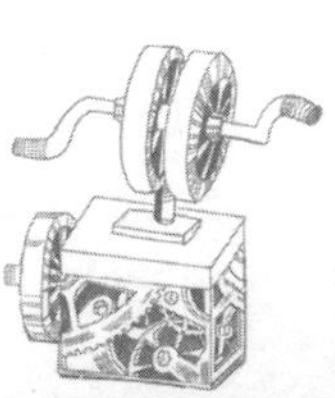

奶酪。其他就没了。驼子站在一旁无耻地咧嘴笑着。

“阿吉说，这些就是你们的饭。”他说，一边坐到旁边的桌子旁舀起一大勺美味可口的炖菜。

“因为我们给鸡群喂食，所以这就是报复。”朱利安轻轻地咕哝道，“好吧好吧，想到是阿吉准备的，这已经算好的了。不过阿吉在哪儿呢？”

说曹操，曹操到。阿吉挎着一个塞满了衣服的洗衣篮从厨房出来了。“驼子，我得去晾衣服了，过会儿回来。”她朝驼子说道。随后，她转向孩子们，朝他们眨眨眼。

“窗台上的就是你们的饭了，”她说，“拿走吧，找个地儿吃去。驼子和我不想在厨房周围看到你们。”

与此同时，她突然笑了一下，而后朝手上的洗衣篮瞅瞅。孩子们立马就心领神会。他们的饭实际上在那儿呢！

他们从窗台上一把抓起面包和奶酪，然后紧紧跟着阿吉走开了。阿吉走到一棵树下，放下篮子。这个地方很隐蔽，一条长长的晾衣绳把他们和那栋房子隔开了。“随后我要去晾衣服了。”她再次微笑着说。此时，她变得容光焕发。说完，她又返回房子里。

“阿吉真不错。”朱利安说，一边掀开篮子上面的盖布，“哎呀，大家看！”

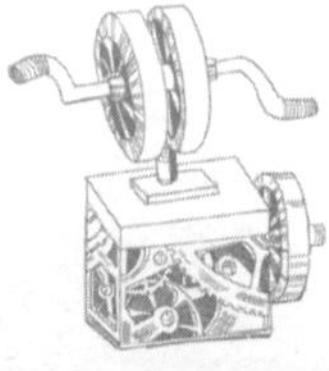

想想吧

1. 驼子送给提米的食物被如何处理了？

2. 看到母鸡围在孩子们的脚下啄食，驼子为何反应激烈？

3. 阿吉通过什么方式为孩子们送食物？

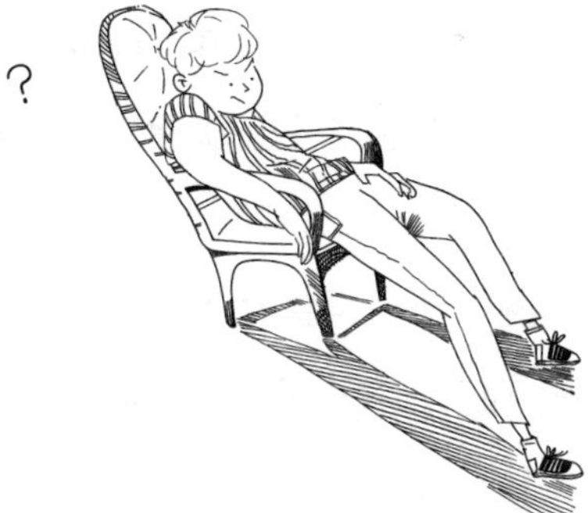

第十七章　朱利安灵光乍现

阿吉巧妙地把刀、叉、勺子、盘子、杯子摆放在篮子的最底部。篮子里有两大瓶牛奶，有一大块肉馅饼，馅饼上面有一层看起来就很美味的油酥皮；还有一堆圆面包、饼干、橘子。另外，还有一些自制的糖果。阿吉真的好慷慨啊！

片刻间，篮子已经变得空荡荡。孩子们把这些东西都运到了灌木丛里，一个个盘腿坐下，计划吃一顿一流的正餐。提米分到了一块肉馅饼和一些饼干。另外呢，它也狼吞虎咽般吃了一块硬邦邦的黄色奶酪。

“现在，我们最好把所有的餐具都拿到花园去，那里有水龙头，洗干净后再整整齐齐地放回篮子里。”朱利安说，“阿吉那么善良，我们可不能给她带来麻烦。”

很快，餐具已经清洗干净，也归置到了洗衣篮里，然后他们拿了些衣服放在最上面。简直是天衣无缝！

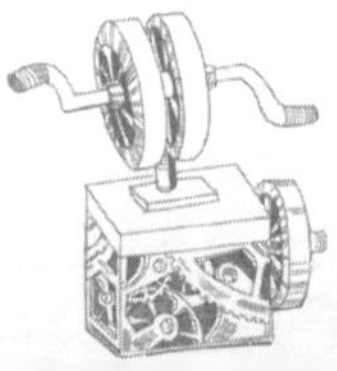

约莫半个小时后，阿吉回来了。孩子们走近她身旁，悄悄地说：

“谢谢你，阿吉，好吃极了！”

“你太给力了，够朋友。我们超级喜欢那些吃的！”

“我敢打赌，驼子肯定不会像我们这样享受！”

“嘘！”阿吉半是开心半是担心，“你们永远不会知道驼子会在哪里偷听。他的耳朵跟兔子那么长！仔细听着，下午茶的时候我会扤个篮子去鸡舍那边捡鸡蛋。到时候我会给你们带点茶。捡鸡蛋的时候，我把茶水放在鸡舍里，然后等我走了，你们去取出来。”

“阿吉，你太机智了！”朱利安崇拜地说，“是真的。”

听完这话，阿吉很快乐。坦白地说，这么多年来还从没人这么赞赏过她。她是一个可怜又悲惨、备受惊吓的女人，她很享受当下的这个小秘密。同时，看到驼子被孩子们捉弄，她也很开心。也许冥冥之中，她觉得这是多年来他处处为难她的报应吧。

她从篮子里拿出一些衣服晾到绳子上，最后留下一件盖住餐具，之后就回去了。

“可怜的人。”狄克说，“怎么会有这样的生活？”

“是啊，我绝对无法忍受被关在这里，年复一年地

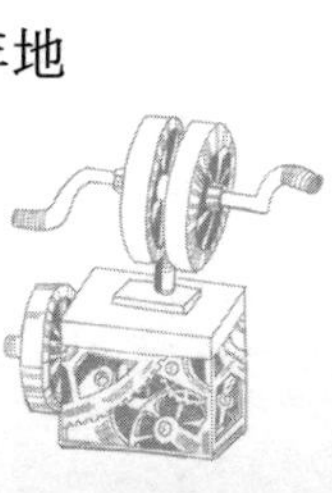

和诸如伯顿、鲁奇这样的恶棍待在一起。”朱利安慨叹道。

“依目前情况看，如果我们不尽快想法子逃出去，那么真会‘如你所愿’。”狄克说。

“是，我们必须认真地想一想。”朱利安说，“到那边树底下去吧，咱们可以坐在草地上从长计议，同时也不会被人偷听到。”

“看，驼子正在擦黑色宾利。”乔治说，“我带着提米过去转转，让提米吓吓他。他会发现提米还活着，而且充满活力。”

于是，乔治带着提米朝宾利车走去。毫无疑问，当靠近驼子的时候，提米爆发出一阵恐怖的吠叫。说时迟那时快，驼子眨眼间就钻到了车子里，且紧紧关上车门。乔治被逗乐了。

“你好，”乔治打招呼道，“你是要出门吗？能不能带上我和提米呀？”

说着，乔治伸出手好像要去开车门。驼子大声叫嚷：“让那只狗离我远点儿！我看到鲁奇的手了，其中一个指头伤得惨重。我不允许它再来袭击我。”

“拜托了，带我们一起出去吧，驼子叔叔！”乔治坚持道，“提米最喜欢坐车了。”

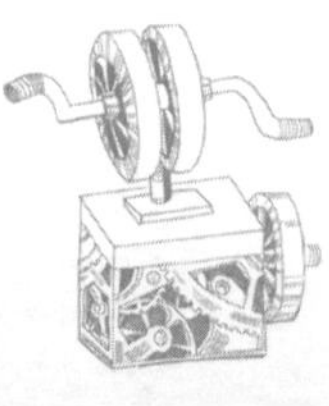

“滚开！”驼子死死按着门把手，说，“今晚上伯顿先生有事，我得把车子擦洗干净。让我出去干活儿。”

乔治嘻嘻笑了起来，而后回到伙伴们中间。

“哈哈，他看到了活蹦乱跳的提米。”狄克龇牙笑着，“太好玩了。说真的，如果没有提米的保护，我们估计会陷入更大的困境。”

说着，他们来到了大树底下，挨个儿坐了下去。

“关于那个车，刚才驼子说了什么？”朱利安问道。乔治说了她听到的事情。之后，朱利安陷入沉思。安的内心再清楚不过——朱利安在筹划一个大方案。她禁不住催促道：

“朱，你想到了好点子，对不对？是什么？”

“嗯……我只是在想……”朱利安语速很慢，“那辆车，事实上伯顿先生今天晚上要出门，意味着他要经过大铁门……”

“你在思考什么？”狄克问，“趁机和他一起出去？”

“嗯，是的，我是这么想的。”朱利安出乎意料地说，“你看，天黑之前，如果他还没有出门，我就可以钻进车子后面的后备厢藏起来。等到他在某个地方停下来时，我再从里面偷偷钻出来，去找人求救。”

所有人都安静地看着他。安的双眼闪闪发光。“噢，

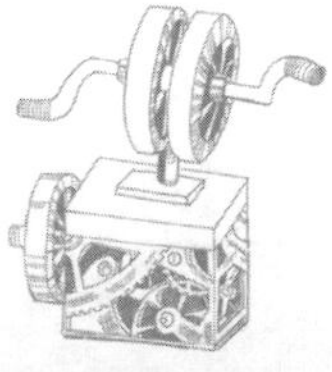

朱利安！你就是个天才！”

“听起来的确不错。”狄克说。

“唯一不好的事情是——我不想让朱利安离开我。”安突然恐慌了，“如果朱利安在这儿，我会感觉很安全。”

“我出去吧。”狄克说。

“或者我也能出去。”乔治说，“只不过，提米钻不进后备厢。”

“从外面看去，那个后备厢还挺大的。”朱利安说，“这样我就能带着安一起，同时也能确保她的安全。你们几个有提米的保护，也应该没问题。”

接下来，他们进行了详细而周密的商讨。直到下午茶时间，当他们看到阿吉挽个篮子去捡鸡蛋，他们才停止讨论。阿吉朝他们使眼色，不让他们接近她。也许有人在监视着他们。于是他们就原地不动，看着阿吉走进鸡舍。没多大工夫，阿吉就出来了，篮子里装满了新鲜的鸡蛋。她径直朝房子走回去，没看孩子们一眼。

“我过去看看她是否在鸡舍里放了东西。”狄克说，一边朝那边走去。很快，狄克就回来了。他的口袋鼓鼓的！

阿吉放了两打罐装肉三明治、一大块樱桃蛋糕和

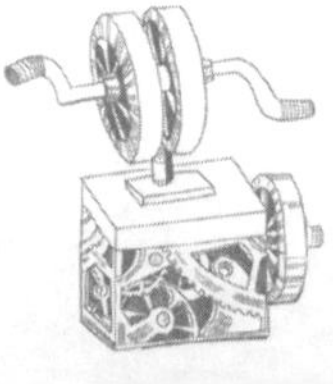

一瓶牛奶。孩子们又一起走回灌木丛那边，狄克把口袋清空了。“她还送了提姆一根骨头呢。”狄克说。

“我不太相信。”乔治疑虑地说。

朱利安拿过来闻了闻。

“绝对新鲜。”朱利安说，“没毒！再说了，阿吉不会玩这种肮脏的小把戏的。来，放开吃吧！”

茶点后，他们感到很无趣，朱利安就安排了伙伴们进行跑步和跳高的比赛。提米，当然了，如果也能算作一名赛手，绝对赢过他们所有人。然而它并不是。可是每一项比赛它都踊跃参加，而且激动地不停吠叫，以至于伯顿先生都忍不住走到窗前呵斥它。

“很抱歉！”乔治也大声回应道，“提米今天精力相当充沛，你们看！”

“伯顿先生肯定会好奇到底是怎么回事，”朱利安嘿嘿笑道，“他肯定会归结到驼子身上，怪他没有给提米下毒。”

天色渐渐暗了下来，孩子们慢慢踱到了车子旁边。驼子已经把车子擦洗干净。朱利安小心翼翼地打开后备厢，朝里面看了看。不料，他大失所望。

“太小了！我觉得我钻不进去。狄克，你也不行。”

“我来进去。”安小声说。

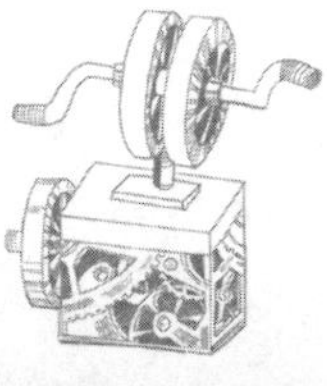

“不可以！”朱利安说。

“嗯……我去。”理查德突然冒出一句，“我正好能缩在里面。”

“你?！”狄克叫了出来，“你会被吓得僵硬。”

理查德沉默了一会儿。“不，我可以的。”他保证道，“我已经准备好了。如果你们同意，我会拼尽全力找人求救。毕竟，要么我去，要么就没人去。你们不会让安单独去，提米和乔治也钻不进去，狄克、朱利安也都进不去。”

听完，大家不由得为之一震。勇敢而无私地主动要求去，这一点也不像理查德。朱利安很是怀疑。

“嗯，理查德，这是一件很严肃的事情。”朱利安说话了，“我的意思是，如果你要去，你就必须做到并克服这一点：其间不能害怕和大喊大叫，要不然车里的人就会发现你。”

“我明白，”理查德说，“我觉得我能做到。我也希望你们能信任我多一点。”

“我真的无法理解你竟然会主动要求做这件事，”朱利安说，“一点也不像你——你可从来没有这么勇敢过！”

“朱利安，我想我能理解。”安突然接话道，一边

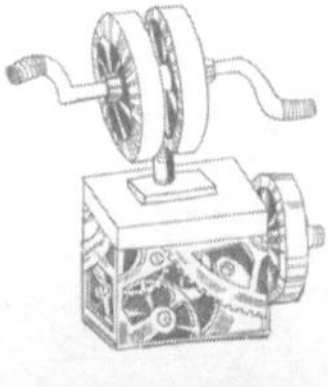

扯了扯朱利安的袖口，“他这是在为我们大家着想，而不是为他自己。至少他在努力。我们应该给他一个机会，让他展现出自己的勇气。”

“我……就是需要一个机会。”理查德弱弱地说。

“好的，没问题。”朱利安说，“你去吧。如果你能抓住机会做一些有用的事情，那就更好了！”

“请告诉我具体要如何做吧……”理查德说，他竭力控制着自己的声音不再那么颤抖。

“好。等下你钻进了后备厢，我们就会从外面把它关上。谁也不知道你要在里面等多久，那里很黑的。”朱利安说，“我要提醒你，那里面既闷热又很不舒服。即使车子发动了，窝在那里面依旧会很难受。”

“可怜的理查德。”安不由得说道。

“一旦车子停了下来，不管是哪儿，然后如果你听到车里的人下车，要稍等片刻，待他走远了，你就赶紧爬出后备厢，而后直接去找最近的警察局。”朱利安娓娓道来，“向警察报案，速度要快，然后给他们这个地址——鹰谷，鹰之山，距离中峡谷森林几英里处——接下来就靠警察了。听明白了吗？”

“明白了。”理查德回答。

“现在你知道此行的目的了，你还想要去吗？”狄

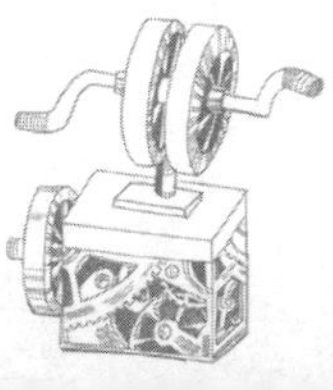

克问。

“是的，我愿意。”理查德再次肯定道。说完，安给了他一个温暖的拥抱，把他吓了一跳。

“理查德，你真棒——我真没想到！”安说。

接着，朱利安捶了一下他的背。“好了，理查德，如果能大功告成，那么你在我们心目中完全就不一样了！现在，尽快钻进后备厢咋样？因为我们不知道那些人会什么时候出来。”

“好的，我现在就去。”理查德说。安的拥抱和朱利安的拳头让他信心倍增。说着，朱利安打开了后备厢。他检查了后备厢的车盖。“我觉得理查德从里面估计打不开盖子。”他说，“是的，他真的打不开。盖子不能盖得太紧，呃……得塞一个棍子或者其他的什么东西。一方面留个缝儿供他呼吸，另一方面也方便他随时能推开钻出来。哪里有木棍？”

狄克找到了一个。然后，理查德就钻进了小汽车的后备厢，蜷缩着身子。空间的确很小！他在里面看着相当局促。朱利安关上了后备厢，夹了一个小木棍，大概留了有半英寸的缝隙。

就在这时，狄克轻轻地推了一下朱利安：“快，有人来了！”

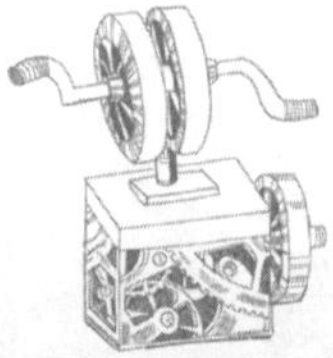

理查德就钻进了小汽车的后备厢

想 想 吧

1. 乔治从驼子口中打听到什么消息？
2. 朱利安想到一个什么主意？
3. 最终是谁钻进了后备厢？

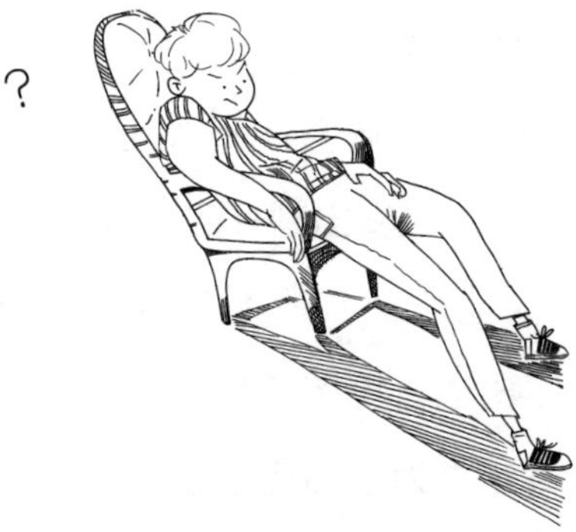

第十八章　寻找理查德！

可以看到的是，伯顿先生站在一楼门口，客厅的灯光映出了他身体的轮廓。他正在和鲁奇说话。很明显，鲁奇并不打算出门，只有伯顿先生自己出去。

“理查德，祝你好运。”当其他几个小伙伴完全融入车道另一边的阴影时，朱利安低声说道。他们悄无声息地站在黑暗中，默默地看着伯顿先生走近小汽车。他上车了，而后砰的一声关上车门。谢天谢地，他不需要往后备厢放东西。

车子发动了，轰隆轰隆地驶上车道。与此同时，大铁门也被打开了，发出刺耳的声音。

“大铁门为他开启了。”狄克喃喃自语。只听见小汽车径直开了出去，没有任何停顿。它一边行驶，一边响喇叭，肯定是为了向房子里的人发信号。当车子正好开到大铁门前时，门开了；车子一驶出，大铁门

就很自然地被关上。

房门也关了。孩子们默默地又站了一会儿，想着车子后备厢里的理查德。

“我压根儿就没想过他。”乔治说。

“不，只是我们永远不会知道，每个人的身体里到底都蕴藏了什么。”朱利安说，显得颇有哲理，“我觉得吧，即使是最糟糕的懦夫、最卑鄙的骗子、最不诚实的流氓身上都会有某些闪光点，如果他特别想要去做成某件事。”

“是的，好像这就是非常罕见的‘想要’的意思吧。”狄克说，“快看，阿吉站在厨房门口叫我们呢。”

孩子们走向阿吉。“你们现在可以进来了，”她说，“不过我无法给你们太多吃的，因为驼子就在旁边。但是我会在你们房间里的毛毯下面放一些蛋糕。”

他们走进了厨房。真好，厨房里有柴火在燃烧，一盏油灯发出柔和的光。驼子在远处一个角落里，好像拿着抹布在擦洗什么。他用惯常的语气命令道：“把那条狗牵出去，不准它进来。”

“不行。”乔治回答道。

“那么我就去告诉鲁奇。”驼子仍不甘心。无论是他还是阿吉，看起来都没意识到当下只有四个孩子，

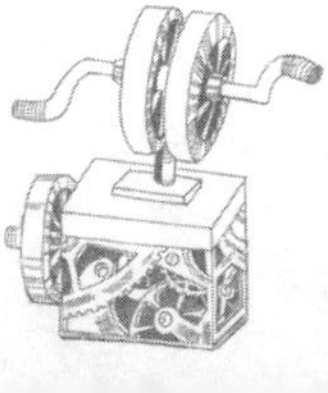

而不是五个。

“好啊。如果鲁奇过来，提米肯定会去咬他的另外一只手。”乔治也不示弱，“不管怎么说，如果他发现提米还活着，而且活蹦乱跳地，肯定会大吃一惊的。”

关于提米，没人再说什么了。阿吉默不作声地端过来一些西梅派，放到了桌子上。“这是你们的晚餐。”她僵硬地说。

西梅派很少，每人只有一小块。他们吃完后，驼子走了出去。阿吉悄悄地说道：

“晚上六点钟的时候，我从收音机听到一条消息，是警察发布的，关于你们其中的一个人——理查德。他妈妈向警察报案了，然后警察就在广播上播放了出来。”

“是真的吗？”狄克问，“我想说的是，警察很快就要来这里了，是吧？”

“可是警察知道你们在哪里吗？”阿吉吃惊地问道。

狄克摇了摇头。

“他们暂时应该还不知道。不过我希望他们能尽快查到线索，找到这里来。”

阿吉表示很困惑。“我坚信，以前从来没有人追踪

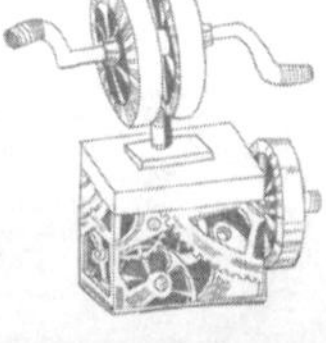

到过这里，以后也不会。警察倒是来过一次，好像是找人。当时，伯顿先生很礼貌地让他们进来了。他们搜遍这里的每一个角落，也没找到他们要找的人。”

朱利安推了推狄克。他认为他知道了警察要找的人藏在哪里——会滑动的嵌板后面那间小小的密室。

“说来也真有趣，”朱利安轻松地说，“这里好像连个电话也没有。他们有吗？”

“没有。”阿吉回答道，“没有电话，没有煤气，没有电，没有自来水，什么都没有。只有无数的秘密、暗号、进进出出和无尽的威胁……”

驼子回来了，打断了阿吉的话。阿吉走向大大的壁炉旁，里面燃烧的木头上挂着一个水壶。驼子抬眼扫视孩子们一圈。

“鲁奇要见你们其中的一个人，名叫理查德。”驼子面带邪笑，说，“他说要给他上上课。”

孩子们相当庆幸理查德不在这里。他们很确定，即使他在这儿，也绝对不会喜欢鲁奇给他“上课”。

他们相互看了看，又朝四周望望。“理查德？理查德在哪儿？”

“你们这是什么意思？‘理查德在哪儿？’”驼子不由得咆哮起来，引得提米也开始吠叫，“你们中肯定

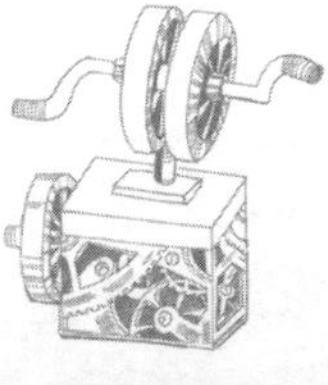

有一个人叫理查德——这是我知道的所有。”

“怎么回事——原先是五个孩子，现在怎么是四个？”阿吉震惊地说，“我刚刚留意到。理查德是不是丢了的那个？”

“我的天哪，理查德去哪儿了？”朱利安假装也很吃惊。朱利安大喊：“理查德！理查德！你在哪儿呢？”

驼子气得火冒三丈。

“得了，你们甭又耍什么把戏！你们中肯定有一个是理查德。到底是谁？”

“我们都不是啊，”狄克说，“哎呀，理查德会去哪儿了呢？朱，咱们是不是把他落在外面草地上了？”

“肯定是的。”朱利安回答道。说着，朱利安走向厨房的窗子，使劲推开。“理——查——德！”他放声大喊，“理——查——德，有人找你！”

当然，理查德不会答应，也不会出现。他在黑色宾利车的后备厢呢，离这里已经好几英里远了！

很快，客厅里传来愤怒的脚步声。紧接着，厨房门被猛然踢开。鲁奇站在了门口，紧绷着脸，他的手用绷带包扎着。随着一声欣喜的吠叫，提米跳了起来。不过乔治及时拉住了它。

“那个畜生！我不是让你把它毒死了吗？”鲁奇怒

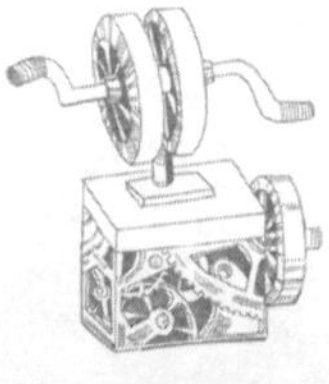

不可遏，“驼子，为什么还没有带那个小子来见我？”

驼子变得相当恐慌。“那小子……好像不在这儿。”他慢吞吞地说，“先生，这里没有他。”

鲁奇扫了孩子们一眼。“不错，他不在这儿。理查德在哪儿？”鲁奇直视朱利安，问道。

“我刚才也在叫他。”朱利安显出一副惊讶的神情，说，“真是太奇怪了。一整天他都和我们一起待在外面的草坪上，可现在我们在屋子里，他却没有。要不要我去外面草地上找找？”

“我也会大声叫他。”狄克说，一边走向窗户，“理——查——德！”

“通通闭嘴！”鲁奇叫道，“我自会去找他。我的手电筒呢？阿吉，拿给我。一旦被我找到了，他肯定会后悔！非常非常后悔！”

“我也去。”驼子急忙说，“我们分头行动。”

“叫上本和弗雷德。”鲁奇命令道。于是驼子走开了，去叫本和弗雷德——谁知道他们在哪儿呢。孩子们估计，他们肯定是昨天晚上和鲁奇一起来的人。

鲁奇提着他的强力手电筒走出厨房。安已经吓得直打战。她心里又很开心，因为不论他们怎么找，都找不到理查德。很快，外面草地上响起几个人说话的

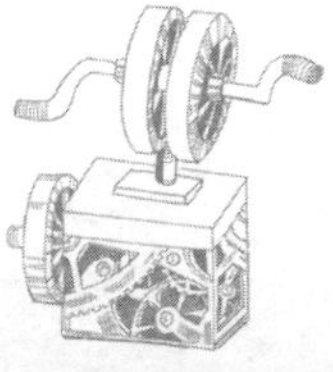

声音。他们四个人兵分两路，开始在院子里搜寻理查德。

“那个可怜的孩子在哪儿？”阿吉低声问道。

“我不知道。”朱利安很真诚地回答。他决计不能向阿吉透露丁点儿他们的秘密，尽管她看起来对他们也不错。

之后，阿吉也出去了。孩子们聚到一起，开始低声交谈。

“我说，幸好理查德藏到宾利车里出去了，而不是我们。”乔治说。

“我的老天，是啊——看到鲁奇刚才进来时候那脸色，我真是非常讨厌。”朱利安说。

“嗯，因为勇敢，理查德躲过了一劫。”安说，“他躲过了大坏蛋鲁奇的折磨！”

…………

朱利安瞥了一眼屋里的钟。“看，将近九点钟了。那边架子上有一台收音机，咱们去打开听听是否有理查德的消息。”

朱利安打开收音机，而后扭动按钮，直到找到正确的电台。听了一两分钟的新闻，他们听到了他们想要听的内容：

寻人启事

星期三，从家里走失。姓名：理查德·瑟娄·肯特。性别：男。年龄：12岁。相貌：体格健壮，一头金发，蓝眼睛。着装：灰色短裤和灰色针织套头衫。另外，有可能骑着一辆自行车。

消息仍在播送，结尾处有一个警察局的联系电话，以供拨打。很明显，没有关于朱利安和其他人的消息。他们如释重负。“这样就意味着妈妈不用担心了，”乔治说，“但是也意味着，除非理查德能得到帮助，否则没人会发现我们几个在这儿——如果我们没有走失，那么就不会有警察找。我一点也不想再待在这里了。”

是啊，谁也不想。现在，他们把所有希望都寄托在理查德身上。他看起来根本靠不住——可是谁知道呢！也许他就能成功地从后备厢里逃出去，然后找到警察局。

约莫一个小时后，鲁奇那帮人回来了，他们个个怒气冲冲的。鲁奇转头看向朱利安。“那小子到底怎么回事？你肯定知道。”

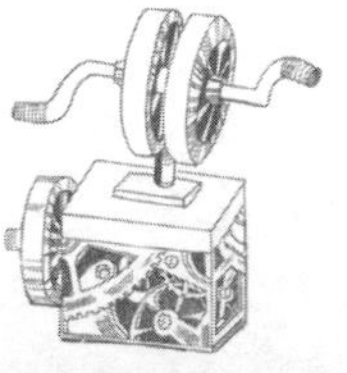

“汪……”提米立马回敬道。鲁奇摆摆手，示意朱利安跟他到客厅里去。他拉上厨房的门，而后开始朝朱利安大吼：

“臭小子，你听好了，那个小子去哪儿了？”

“难道他没在外面？”朱利安显得非常焦虑，“我的老天，他发生什么事了？我向你保证，他一整天都和我们在一起。阿吉能证明，驼子也能证明。”

“他们已经和我说过了。”鲁奇说，“可是那小子根本就不在外面。我们掘地三尺也没找到他。你说，他在哪儿？”

“呃……那么他会不会在这栋房子里？”朱利安天真地建议道。

“怎么可能！”鲁奇暴怒，“房子的大门一整天都是关闭状态，并且上了锁，也就伯顿晚上出去的时候才打开。驼子和阿吉也发誓，他肯定没有进过厨房。”

“那真是太离奇了。”朱利安说，“要不要我在屋里好好找找？其他人也可以帮忙。兴许我们的狗狗可以通过嗅觉找到他。”

“我绝不会放那条狗从厨房出来，”鲁奇说，“或者你们任何人！我敢肯定，那小子就在这里某个地方藏着，偷偷嘲笑我们所有人。而且我确定，你肯定知道

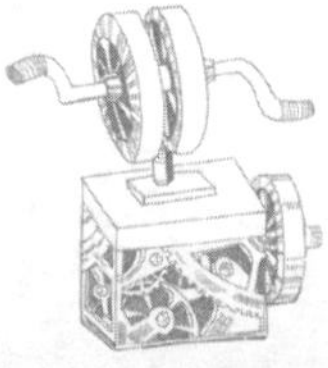

他在哪儿！”

“我不知道。”朱利安说，“事实就是这样。”

“一旦我逮着他，我要……要……”鲁奇实在想不出更残忍的手段来对付可怜的理查德。

他转身走了，找他的同伙去了，边走边骂个不停。朱利安感激地返回厨房。他很庆幸理查德能离开这里。他离开的时候，目的很单纯。现在想一想，也的确是件好事儿！理查德现在会在哪儿呢？他在做什么呢？他是否还在汽车后备厢呢？

朱利安是多么想知道这一切！

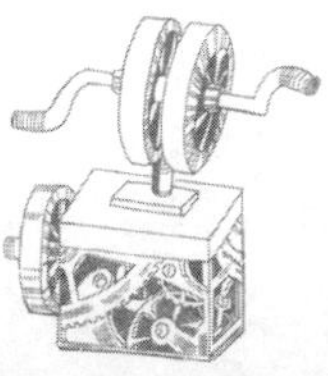

想想吧

1. 收音机发布了什么消息?

2. 警察之前来过鹰谷吗?

3. 孩子们听收音机的时候大约是晚上几点钟?

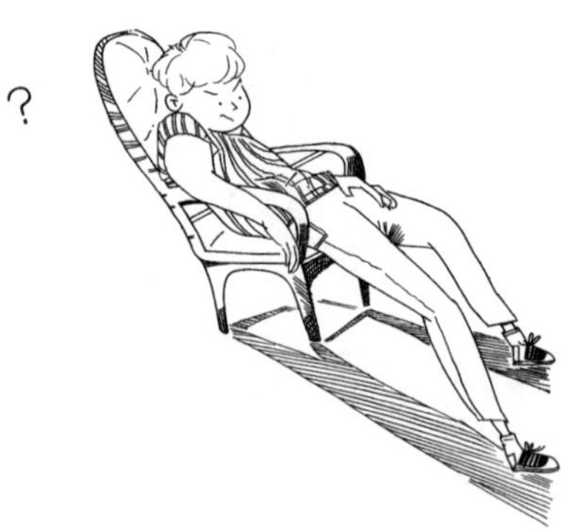

第十九章　理查德的冒险

说到理查德，他这边正上演着激动人心的时刻。

是的，理查德蜷缩在黑色宾利车的后备厢，跟着伯顿先生出来了。后备厢里一点都不好受。随着汽车的颠簸，里面的一个工具盒时不时会撞到他身上；另外他身边还有一罐汽油，气味相当难闻，令人作呕。

小汽车出了大铁门，就开始下山。车子几乎一直是匀速前进，不过有一次猛然刹车。经过一个转弯时，车子差点撞上一辆停在路边的大卡车，所以伯顿先生才在匆忙中点了刹车。可怜的理查德被吓坏了。他的头一下子撞到后备厢的尾部，忍不住“哎哟”叫了一声。

他蜷着身子坐了起来，感到既痛苦又恐惧。他开始祈祷自己不要做英雄了，渴望得到救助。在成为“英雄”的道路上，布满荆棘——但是，英雄就是如

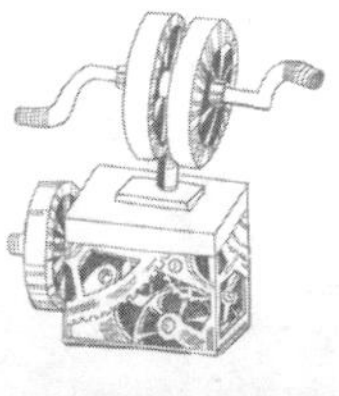

此锻造而成的。

小汽车继续前行，走了大概几英里。理查德不知道车子要开往哪里。起先，他没有听到任何交通工具的声音；后来渐渐地，他能听到马路上好多车轮的声音——肯定快要进入一个城镇了。再后来，他能清晰地听到火车的呜呜声。理查德猜测，他们应该是路过了一个火车站或者经过铁路轨道。

最终，黑色宾利停了下来。理查德聚精会神地听着外面的动静。因为红灯了吗？或者是伯顿先生下车了？如果是那样，现在就是逃走的绝佳机会！

他听到车门咣的一声关上了。噢，伯顿先生下车了。理查德伸手用力推后备厢的盖子。朱利安紧紧地固定了一根木棍，还是有很大帮助的；后备厢的盖子终于推开了。猛然间，外界的噪声一下子倒灌进来。

理查德谨慎地朝四周望了望。他目前身处一条暗街。马路对面，仅有少量的行人。不远处，有一杆路灯。理查德在想：现在能出去吗？伯顿先生会不会就在附近，然后发现自己呢？

他伸直一条腿，而后慢慢地伸出后备厢，挪到了地面上。可是，由于他蜷缩着身子保持一个姿势太长时间，导致身体过于僵硬，突然一下子无法走动。当

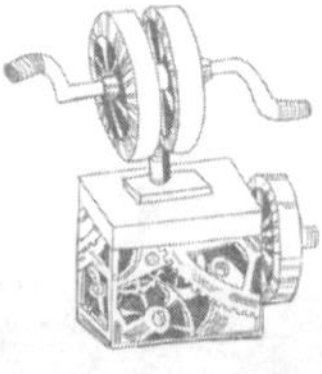

他试图伸展身体动一动时，只感觉浑身疼痛难忍，还不停地抽筋。

于是，碍于无法一下子抬起脚跳下来，理查德只得非常非常缓慢地行动。他的双腿和胳膊都无法快速移动。他打算先靠着后备厢车盖休息半分钟，尽量稳定一下情绪，再下到路面上。

谁知，就在这时，他听到了伯顿先生的声音！他正从路旁的一所房子里朝这边奔来。理查德一下子慌了。他没想到对方竟然这么快就返回了。

他努力从车上跳下来，然后整个身子都趴在了路面上。伯顿先生听到了动静，还以为有人要偷东西，于是以百米冲刺的速度直奔车子尾部。

一瞬间的工夫，就在伯顿先生伸出手去抓理查德的时候，理查德已经挣扎着爬了起来。他拼尽全力朝马路对面狂奔，满脑子都在想着他僵硬、抽筋的腿千万别把自己绊倒了。伯顿先生在后面撕心裂肺地追。

“你，停下！你在我的车里做什么？”伯顿先生一边喊一边追。理查德在狂奔的过程中不小心撞到一个行人；与此同时，他陷入极度的恐慌中，泪水已经忍不住地溢了出来。他一个劲儿地告诉自己：绝对不能被抓住！绝对不能被抓住！

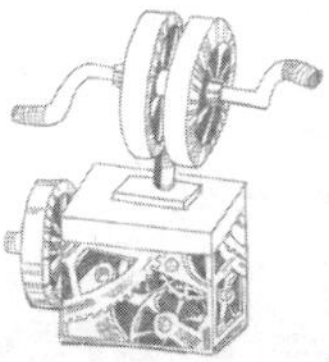

然而，跑到路灯下的时候，伯顿先生还是抓住了他。伯顿先生揪着理查德的衣领，粗暴地甩动他的身体。“放开我！”理查德大叫，一边用脚使劲儿踢伯顿先生的脚踝，差点把他踢倒。

伯顿先生认出他了！“噢，小乖乖，原来是你啊！”他惊叫道，“鲁奇要的人！你在这里做什么？你怎么会……”

理查德没有放弃逃跑。最后，他终于拼死挣脱掉伯顿先生。他的外套还被伯顿死死攥在手里！他的双腿好多了，他能快速奔跑了。

他急速拐过一个街角，迎面又撞倒一个男孩。“哎……”那个男孩刚开口叫他，他已经跑远了。伯顿先生也拐弯，然后撞上了同一个男孩。男孩这次反应特别快，他一把拉住伯顿先生的衣服——由于两次被重重地撞倒，他非常生气。

待伯顿先生摆脱了那个生气的小男孩，理查德已经消失得无影无踪。伯顿跑到拐角处，前后左右观察路灯下的马路，一无所获，气得直跺脚。

“竟然给丢了！臭小子——不过他是怎么来到这里的？难不成他就在我的车子后面？啊……肯定是的，他肯定藏在了后备厢！”

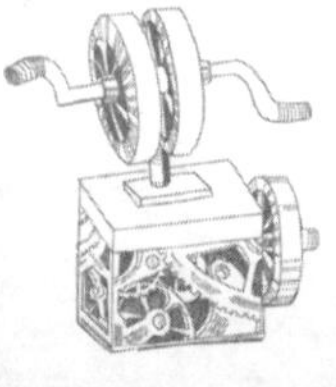

事实的确如此。

理查德藏到了一个花园里，然后又被一只“汪汪”叫的狗追赶。他只得绝望地冲出花园，再次狂奔在马路上。伯顿先生肯定在后面追着他。

又转过一个街角，理查德累得气喘吁吁。又转过一个街角，理查德希望不要再撞倒行人，以免被截住。可怜的理查德！他一点也没觉得多么“英雄”，他一点也不喜欢这种感觉。

拐到下一个街角时，理查德重重地摔倒了。他来到了镇子的主干道。就在那里，路对面，玻璃门上有一盏灯，灯光上的几个字闪闪发光：

警察局

谢天谢地，理查德迈着踉踉跄跄的步子推开了警察局的大门。推开门的一瞬间，他几乎要摔倒在地。里面的接待室里端坐着一位和善的警员。看到理查德慌张地冲了进来，他惊讶地上下打量着这个孩子。

“小朋友，你这是怎么了？”他问道。

理查德紧张地扭头朝门口看看，以防伯顿先生突然破门而入。不过还好，伯顿先生没有进来。大门已

经关上。如果可以，伯顿先生应该不会去拜访任何一个警局；特别是理查德即将讲述一个天大的秘密！

刚开始，理查德的小心脏依然“怦怦怦”跳个不停，一句话也说不出来。缓了好一会儿，他才呼吸顺畅。听着他的讲述，警员满面惊愕；不过他很快打断了理查德，起身去叫了一个高大魁梧的人——原来是警局的一位级别非常重要的巡官——过来。

巡官让理查德再次慢慢地、详尽地讲述一遍他的遭遇。理查德现在感觉好太多了——事实上，他为自己感到骄傲！想想他都经历了些什么？钻进后备厢从鹰谷出来，再从后备厢逃出来，竭力摆脱掉伯顿先生，最后安全地找到警察局。这一切真的太令人震撼了！

“你说的那个鹰谷在哪里？”巡官发问。

坐在他旁边的那名警员替理查德回答了：

“巡官先生，肯定就是鹰之山上的那栋老宅。还记得有一次咱们去那里执行公务，那个宅子表面上看起来也没啥问题。好像是由一个驼背男人和他的妹妹看管，据说房子主人常年在国外。对了，房子主人好像姓伯顿。”

“没错！”理查德大喊，“我就是偷偷藏在伯顿先生的车里来到了镇上，那是一辆黑色宾利。”

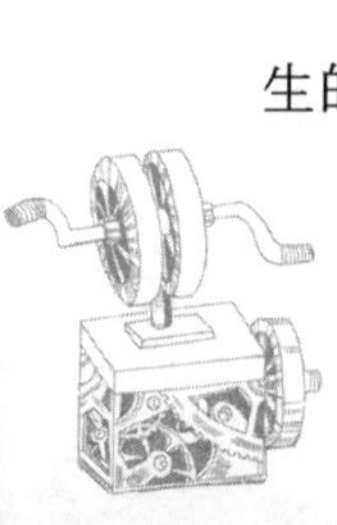

“知道车牌号吗？”巡官忙问。

“KMF102。”理查德脱口而出。

“棒极了。”巡官说。他拿起电话，用简短的几句话指示一辆警车以最快的速度立马去追截黑色宾利。

“所以你就是理查德·瑟娄·肯特咯！”安排完毕，巡官先生说，“你妈妈快要急疯了。我这就去给她打电话。我们现在就派车送你回家。”

“噢！不过先生，我能和你们一起去鹰谷吗？”理查德失望地说，“你肯定会去的，是不是？因为那里还有很多人——安、狄克、乔治和朱利安。”

“是的，我们必须要去。”巡官严肃地说，“但是，你不能去。你已经冒了这么多险，需要回家上床休息。从逃离那里到找到警局，你已经做得非常棒了，足以称得上英雄！”

听此，理查德难掩喜悦之情。然而，他是多么渴望能和警察一起去鹰谷。和警察同行，该是一件多么荣耀的事情。届时，他可以向朱利安展示，他成功完成了大家的嘱托！也许到时候朱利安会对他另眼相待。

不过呢，巡官可没打算带任何孩子出警。理查德被一位年轻的警员带走了，随后会有一辆车送他回家。

“丁零零……”电话响了。巡官立马去接听。

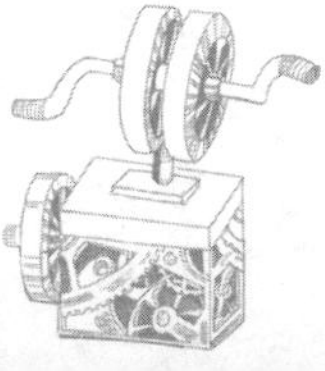

“没有追到黑色宾利？好的，多谢。”

巡官告诉年轻的警员：“我也没想过他们能追上他。他肯定已经加速赶回鹰谷，去提醒他的同伙了。”

“我们也会马上就到！”那名警员咧嘴笑笑，“咱们的沃尔斯利①绝不比宾利差！”

其实伯顿先生差一点就追上理查德了，可是当他看到理查德一瘸一拐地进了警局，他立马就飞奔回车子，跳进车，拉上车门，踩油门，急速逃走。直觉告诉他，警察立马就会通过车牌号 KMF102 抓住他。

他慌不择路，危险地急转弯，疯狂地朝行人大喊：“走开！走开！”不多时，他已经逃出镇子回到乡下。进入乡间公路，他的车速更是惊人；车子的前大灯异常刺眼，能照亮前方半个英里②的距离。

当他抵达鹰谷时，他再次大声喊叫。他迫切希望大门能迅速打开！就在车子开到大铁门前时，铁门开了。因为有人听到了他的强烈信号。通过大铁门后，他又加足马力，冲到房子的大门前。他纵身跳下车的时候，大门打开了。鲁奇站在门里，另有两个人随

---

① 沃尔斯利（Wolseley），是英国一汽车品牌。

② 英里，英制中的长度单位。1 英里等于 1.609 千米。

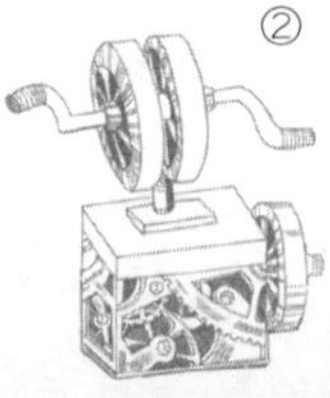

后，一个个都是满脸的焦虑。

“伯顿，怎么回事？你怎么这么快就回来了？”鲁奇喝问，“发生什么了？”

伯顿迅速三步并作两步，跳过台阶，用力关上大门，直直盯着他面前的那三个人。

“你知道发生了什么吗？那个臭小子，理查德·肯特，晚上趁我出去的时候就躲在我的车里！明白了吗？躲在车子后座或者后备厢，或者其他地方！你是不是找不到他了？”

“是的，”鲁奇说，“我们的确找不到他了。伯顿，你抓到他没有？”

“唉！由于我并不知道他藏在车里，所以就丢下车子去看望泰德，然后他就轻易地逃了出去！”伯顿说，“他飞速跑着，跟兔子似的。有一次我差点就逮着他了，但是被他从外套里又溜了。最终，他竟然找到了一个警局。我觉得不能再追了，要回来赶紧通知你。”

“警察肯定立马就会到达这里。”鲁奇叫道，“你就是个笨蛋！伯顿，你必须抓住那小子。转眼，咱们的赎金就泡汤了。天大的笑话，我又被这个小畜生耍了。”

“鲁奇，覆水难收。”伯顿说，“韦斯顿咋办？万一被警察找到了呢？他们正在全力抓捕他呢。最近报纸

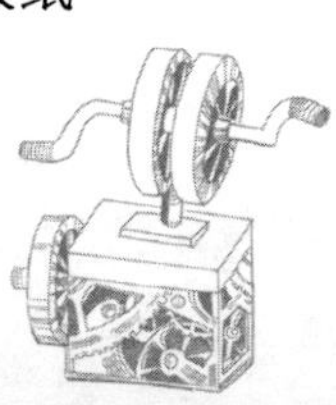

上最热的两件事就是：理查德 · 瑟娄 · 肯特走失案和所罗门 · 韦斯顿越狱案。现在，我们两者都占了。鲁奇，你还想回监狱吗？你很清楚，你也就刚刚才出来。我们接下来要怎么办？”

“我们要想一想。”鲁奇的声音有些颤抖，“到屋里来，我们必须好好想一想。”

想想吧

1. 藏在后备厢里的理查德感受如何？

2. 理查德最终找到了什么地方？

3. 没有抓住理查德的伯顿先生当即采取了什么措施？

第二十章　进入密室

四个孩子听到了汽车驶上车道的声音，立马就明白了：伯顿先生回来了！朱利安急忙跑到厨房门口，迫切希望能弄清楚现在的状况。如果伯顿先生回来了，要么是理查德顺利逃脱，成功地完成了任务；要么就是理查德被发现，然后被带了回来。

于是，他听到了客厅里所进行的精彩对话。好，真好，太好了！理查德逃走了，甚至找到了警局去报案。毫无疑问，警察很快就会来到鹰谷，然后将会在这里发现多么令人吃惊的事情！

当听到那些大人要走进旁边一个房间时，朱利安踮起脚尖走到客厅里。他们在谋划什么？他希望他们不要把怒火发泄到他或者其他人身上。虽然他们有提米，可是紧急情况之下，鲁奇兴许会不顾一切朝提米开枪。

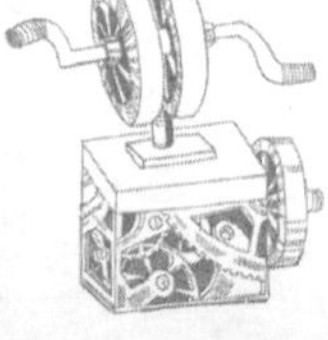

听到他们在房间里的密谋，朱利安非常不满。

“首先，我真想把这几个娃娃的头一个个打烂。”鲁奇咆哮道，“那个最大的——叫什么名字来着——朱利安？管他什么——肯定就是他计划了理查德的逃跑。我要痛痛快快地打他一顿，这个爱管闲事的小畜生！”

“鲁奇，那些钻石怎么办？”另外一个人的声音响起，“在警察到达之前，我们最好把它们藏到安全的地方。必须抓紧时间了！”

“噢，不急。那些警察会发现他们打不开大铁门，”鲁奇回答道，“再说了，他们即使翻墙也得不少时间。我们目前有足够的时间把钻石和韦斯顿放到一起去。如果他在那里是安全无虞的，那么钻石也就没问题。”

“钻石?！”朱利安激动地想，“亮闪闪的钻石啊！所以他们窝藏了一大批钻石！那么会在哪里呢？”

“把他们抓起来。”伯顿先生命令道，“把他们一起藏到密室里。鲁奇，你快点考虑。警察随时都会到。”

“关于理查德和他的那些朋友，我们杜撰几句。”第四个男人的声音响了起来，“我们就说，有一天晚上他们突然闯入鹰谷，被我们抓到，他们好几个人呢；然后就把他们扣留了，以示惩罚。说实话，我觉得如果还有时间，最好是放这几个小鬼走。毕竟他们对此

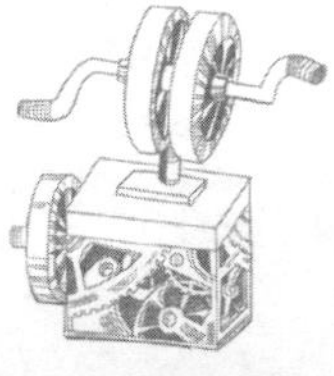

一无所知，也不可能泄露什么秘密。”

鲁奇却不想放孩子们走。关于如何处理这几个小孩，鲁奇自有凶狠的谋划。但是，其他人不同意，所以他们一直在争执。“好，”最后他妥协了，“如果时间来得及，那就……放他们走！你去把他们带到大铁门处，伯顿，在警察到达之前，把他们扔出去。他们会感激地发现重获自由了，并且不会在森林中迷路。这样也挺好。”

“你去取钻石，小心！”伯顿先生说。紧接着，朱利安听到他们站起身拉动椅子的声音。朱利安飞奔返回厨房。

除了被他们带到大铁门处，而后被强推出去，目前看来好像没有更好的法子了。朱利安转念一想，如果是那样的话，那么他们就要在大铁门处等着警察的到来。也正像鲁奇预言的，他们不会在黑夜里走失了。

伯顿先生来到厨房。他的双眼扫了一下四个孩子。提米大叫了一声。

“很明显，你们谋划了一个小小的计谋，把理查德藏在了我的车里，对不对？”他说，“好啊，为了这个，我们将要把你们所有人都赶出去。在这黑漆漆的夜晚，你们就在周边荒凉的村子里晃荡吧，总有一天

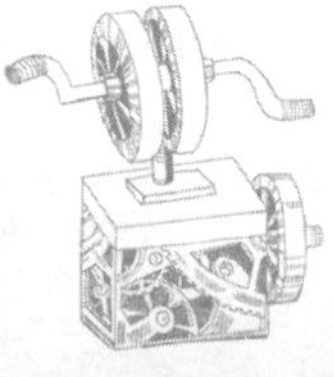

你们一个个都得走丢。我可真希望能看到这一天！”

孩子们一个个都不吱声。朱利安微微低下了头。伯顿先生愤怒地看着朱利安。提米不由得扑向伯顿先生，但是被乔治用力拉了回来。要不然，提米会把伯顿先生的胳膊立马咬成两截！

“如果那只狗再在这里多待一天，我肯定会一枪崩了它！”伯顿先生凶狠地说，“你们几个都过来，快点！”

“阿吉，再见。”安说。阿吉和驼子看着孩子们走出厨房，到了黑漆漆的花园里。说实在的，阿吉内心很恐慌。驼子朝孩子们的背影吐了口唾沫，又骂了几句。

他们走到了行车道上，将近一半的时候，有车子以最快速度正朝着鹰谷驶来，发出强烈的“嗡嗡”声！总共两辆，速度极快，且动力十足，前车灯明亮得刺眼。是警车，肯定是的！伯顿先生一下子愣住了。很快，他推搡着孩子们立马返回，回到房子里去。一切都太迟了！

“你们去看着鲁奇，”伯顿先生对另外的那几个人说，“如果被吓到，他会变得疯狂。接下来警察肯定会砸门，他现在肯定已经怕得不行了！”

孩子们和提米悄悄地又回到了厨房。他们一点都

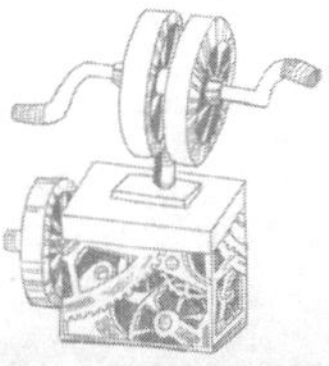

不想遇到鲁奇！幸好，厨房里没有人，驼子和阿吉也不在。伯顿先生穿过客厅，大喊：

“钻石你移走了吗？”

有一个声音回答道：

“是的，韦斯顿拿着了。它们很安全。你把那群小鬼送出去了没？”

“没有——警察马上就到了。”伯顿先生发出低沉的怒吼。

有人——兴许是鲁奇——惊叫：“看，警察！如果理查德那个臭小子也回来了，我非得把他活剥了。稍等我一下，我得烧掉一些信件——这些东西不能被警察发现，然后再去带那个小孩。哼，无论是谁，只要敢和我作对，看我怎么收拾他。”

“鲁奇，你注意点儿。”伯顿先生说话了，“你的臭脾气又上来了？难不成你要重蹈覆辙？不要管那群小孩！”

他们的对话都被朱利安听到了。朱利安倍感不安。他现在必须尽快把大家藏起来。如果鲁奇持枪，即使是提米也无法保护他们了。可是，他们能藏到哪里呢？

“如果鲁奇发火了，他会把整栋房子翻个底儿朝天，并且把怒火发泄到我们身上。”朱利安心想，“真

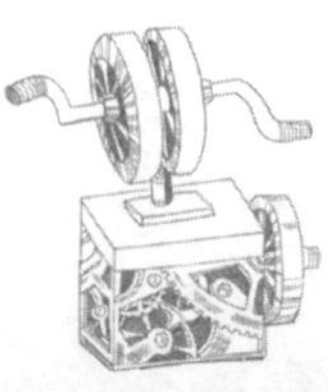

是可惜为什么没有另外一间密室，这样我们就能安全地藏起来。”

可是呢，即使另外还有一间密室，他也不知道啊。就在这时，他听到鲁奇和其他人上楼的声音。所以，这一刻就是朱利安他们藏到安全之处的绝佳机会了。然而，他们却无处可躲！

朱利安想到一个点子——棒极了，难道不是吗？起先，他还不能下定决心。但是，在这危急关头，他觉得他们应该试一下，不管这个方法是否有用。

“我们必须尽快躲起来。一旦鲁奇发火，那么我们就危险了。”朱利安说话了。

“躲哪里呢？”安露出了惊恐的神色。

“那间密室！”朱利安说。

话毕，所有人都死死地盯着他。

“可是，不是已经有人藏在那里吗？而且你昨晚也看到了。”乔治打破了尴尬的局面。

“我明白。但是现在已经顾不上了。密室里的那人是最想放我们走的人，因为我们可能会透漏他的藏身地。他绝对不想被发现！”朱利安说，“大家可能要使劲儿挤一挤，因为那个密室真的很小很小，然后又是我唯一能想到的安全的地方。”

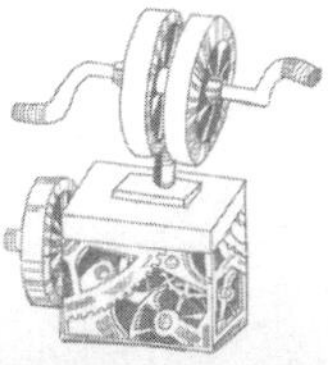

“提米也要和我们一起。”乔治坚定地说。

朱利安点点头。

“那是肯定的，我们需要它帮我们对付密室里的那个人！”朱利安说，“我们一下子挤到那人的藏身地，他肯定会非常恼火。我们要制止他呼叫鲁奇。如果提米在，肯定会让他安安静静的，这样我们也就是安全的。另外，一旦我们钻了进去，就告诉他警察来了，他肯定不会自找麻烦的。”

“不错。”狄克同意道，“我们就去那里了。外面是不是没人了？”

“没人了。他们都上楼了，不知道干吗去了。”朱利安说，“估计是在销毁什么不想被警察找到的证据。咱们走。”

阿吉和驼子仍不见踪影，估计是听到风声已经躲了起来！朱利安带着大家悄悄地来到了那个书房。

望着从地板高到天花板的一列大大的木质书架，孩子们一个个惊呆了。朱利安迅速找到了那个书很少的架子，伸手摸到了按钮。

就是这里！按钮拉出来之后，书架后面的嵌板缓缓下降，出现一个大大的洞口，就像通往密室的窗户一样。

孩子们吓得倒抽一口凉气。好神奇啊！简直就是妙不可言！他们通过洞口朝里面眨眨眼睛，看到一个极小的房间，点着一根蜡烛。他们也看到了藏匿者，对方同时也看到了他们！藏匿者面露惊恐之色。

“你们是谁？”他说，以一种威胁的语气，“谁让你们打开嵌板的？鲁奇和伯顿在哪儿？”

“我们要和你待在一起。”朱利安安静地回答道，“你不要发出声音。”

朱利安先把乔治推了进去。乔治勉强钻过洞口，而后缓缓落地。接着，提米也被朱利安推了进去。

藏匿者现在已经站了起来，既生气又惊讶。他体形高大，双目紧蹙，还有一张看起来就很残忍的嘴巴。

“我说，看这儿，”他大声道，“我不认识你们。伯顿在哪儿？嘿，伯……”

“如果你再说一个字，我就放狗咬你。”乔治威胁道，同时给朱利安使眼色。提米听到后，立马朝他“汪汪汪”叫了几声。

“我……我……”他刚要张嘴，提米立马就愤怒地朝他吠叫，并且露出尖利的牙齿。藏匿者被吓坏了，他不得不又爬到自己的小床上，不再说任何话了，表情怪异又困惑不已。接着，狄克、安都钻过了洞口。

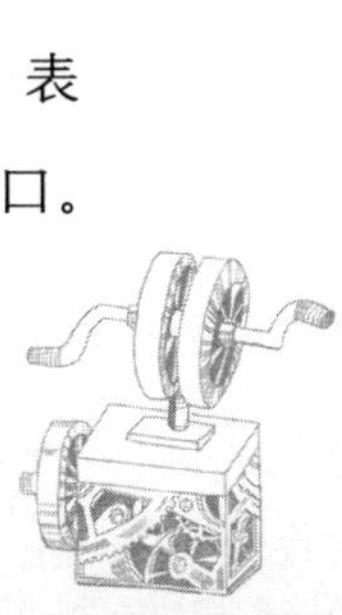

突然，这个小小的屋子一下子拥挤不堪。

“我觉得，”朱利安好像突然想到了什么，“我得留在外面。因为必须得有人把书放回原处，要不然如果被鲁奇他们发现异常，这样我们就全暴露了。落到他手里，我们会很惨。”

“不，朱，你必须得进来。”安害怕地说。

“乖，安，我不能进去。我要合上嵌板，把书放回原位。”朱利安耐心地说，“在警察没有抓住疯子鲁奇之前，我必须保证你们的安全！放心吧，我不会有事。”

“警察？”密室里的藏匿者低声发问，他的双眼几乎要冒了出来，“警察来了？”

“已经到达外面的大铁门处。”朱利安回答，“所以，如果不想被抓住，你就安安静静地待着。”

朱利安推入按钮。嵌板又悄无声息地回到原位。朱利安尽可能复原之前书架的模样。之后，他慢慢溜出了书房，这样别人就不会猜到他刚才做了什么。他很庆幸，鲁奇那帮人没有干扰到他实施计划。

那么接下来的问题是，他自己该如何藏身？警察需要多久才能翻过墙，或者打开大铁门呢？他们能不能很快就来到这里呢？

就在此时，从楼梯上传来急促的“咚咚咚”的脚

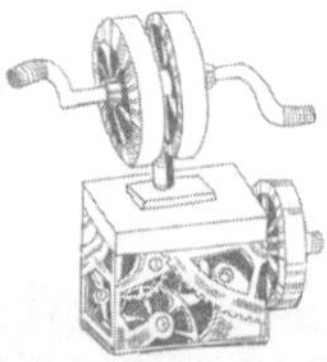

步声，是鲁奇。他一下子就发现了朱利安。“嗬，原来你在这儿！其他人呢？看我怎么……”

他手持一条鞭子，面目狰狞。朱利安有点害怕。他转身又回到了书房，赶紧锁上门。鲁奇抡起拳头开始砸门。接着，门上响起砰的一声。朱利安猜测，鲁奇应该是拿着客厅的一把椅子在撞门。形势危急，不多时，门就要被撞开了！

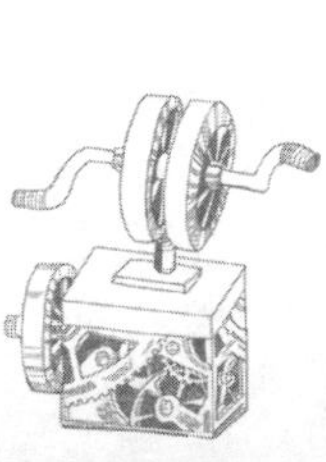

想想吧

1. 刚开始的时候鲁奇打算如何处置孩子们？

2. 情急之下，孩子们藏到了哪里？除了谁没有进去？

3. 钻石在谁的手中？

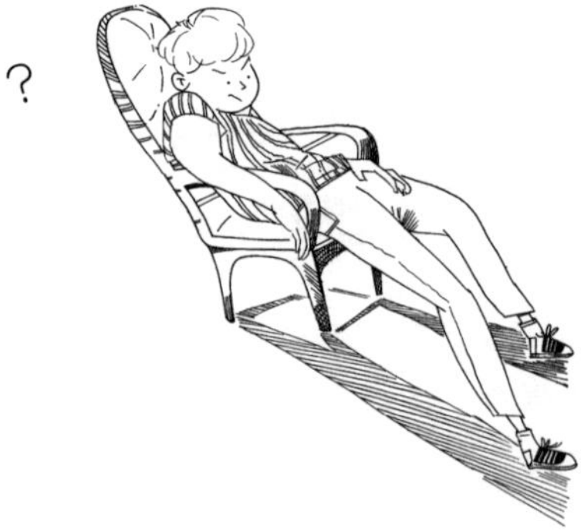

第二十一章　激动人心的大结局！

朱利安一直都很英勇，然而就在刚才这一刻，他的内心其实特别害怕。躲在密室里的同伴们会如何想呢？听到鲁奇的大吼大叫和撞门声，可怜的安肯定万分恐惧。

很快，朱利安想到了一个绝妙的主意。他之前怎么就没想到呢？是啊，为什么呢？他完全可以去帮助警察打开大铁门！他知道怎么操作。那个开关的机器就在角落里呢！那么的话，一旦他启动了机器，大铁门开了，几分钟之内，警察就能进到大门里来。

一想到这里，朱利安就立马奔向机器，找到把手。他用尽力气扭转把手。机器开始运行，伴随着嘎吱嘎吱的巨大噪音。

鲁奇仍在锲而不舍地拎着重重的椅子撞门。他已经打开了一个缺口。可是，当他突然听到启动机器的

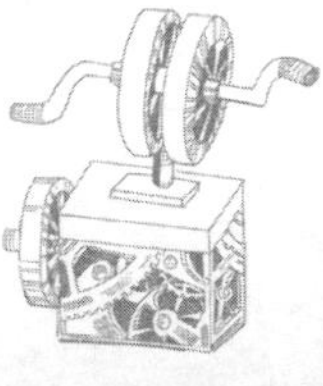

嗡嗡声时，他一下子陷入了恐慌，动作立马停了下来。大铁门正在被打开！警察很快就到——他也很快就要被拘捕！

他的大脑一片空白。现在，他已全然忘记了他自己编造的故事，忘记了他和同伙策划的计谋，忘记了一切，只知道一点：必须马上躲起来。他唰的一下扔掉椅子，奔逃而去。

朱利安一下子瘫坐在旁边的椅子上，他的心脏仍止不住地“怦怦怦”直跳，仿佛参加了一场田径比赛。大铁门已经开启，鲁奇逃掉了，警察马上就到！就在他想这些的时候，一辆动力十足的小汽车驶上了院子里的车道，不消多久，就停了下来。而后车门轰然打开。

有人开始“咚咚咚”地敲门。“我们是警察，以法律的名义要求你们打开大门！”有人高声喊道。接着又是一阵“咚咚咚”声。

无人应答。朱利安小心翼翼地打开了书房被撞坏的门，朝客厅里瞥了瞥。周围好像没有一个人。

刹那间，他已经冲到了大门前。朱利安快速拉开插销，取下沉重的链子。开门的时候，他非常害怕会有人突然将他掳走。谢天谢地，好在没有人出来。

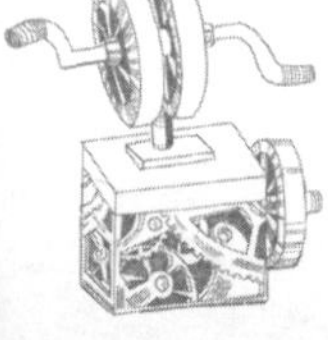

朱利安一下子瘫坐在旁边的椅子上

大门被警察用力推开了，他们一拥而入。总共八个人。看到一个小男孩，他们异常吃惊。

“小朋友，你是？”巡官问道。

“你好，我是朱利安。”朱利安回答道，“非常高兴等到了你们。事情的发展越来越精彩了。”

“那些人都在哪里？”巡官朝里面走了走，问道。

“不知道。”朱利安回答。

“把他们找出来。”巡官命令道。他的手下开始在客厅里搜寻。就在他们准备挨个儿房间进行搜寻时，走廊尽头传来一个冷冷的声音：

“不知各位大驾光临，所为何事？”

是伯顿先生。他嘴里叼着一根烟，表情平静如水。他站在起居室的门口，看起来相当镇静。“私闯民宅到底是从什么时候开始的呢？”

“你的同伙在哪里？”巡官喝令道。

“在这儿，先生。”伯顿先生拖长着音调，“我们正在开一个小会，突然听到了砸门声。很明显，是各位不知通过什么方式进来了，这个，恐怕各位会惹上一些麻烦。”

巡官大踏步走进了起居室。他朝里面瞥了一眼。

“啊哈，看到了我们的老朋友鲁奇。”巡官和蔼地

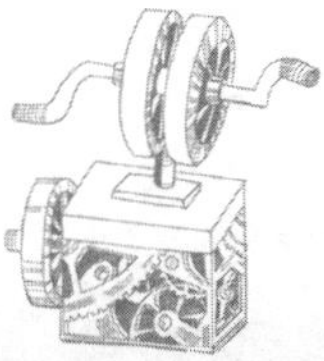

说，“你好像刚出狱没几天吧，鲁奇，不过你好像又惹麻烦了对不对？韦斯顿在哪儿？”

“我听不懂你在说什么。”鲁奇绷着脸，不高兴地说，“我为什么应该知道他在哪儿？最后一次听说有关他的事情就是，他进了监狱。”

“的确是。但是他越狱了。”巡官说，“鲁奇，有人帮了他。有人——你的某些朋友——为他策划了这场越狱，而且那伙人还知道韦斯顿所偷的钻石藏在了哪儿。我有一个猜想，为了报答你朋友们的恩情，韦斯顿要和你分赃。鲁奇，韦斯顿到底在哪儿？”

“抱歉，我能说的只有四个字：我不知道。”鲁奇重复道，“如果你们就是找他的，他不在这里。如果你们喜欢，那就尽情搜吧。伯顿不会介意的。伯顿，是不是？如果你们愿意，同时也找找那些钻石吧。但是你说的那些我一无所知。”

“伯顿，我们怀疑你好长时间了。”巡官转向仍在平静地抽烟的伯顿先生，说道，“我们认为你就是罪犯越狱的幕后黑手——要不然你为什么要买这么一栋老旧的宅子，是不是？——这样一来，你就可以不受打扰，为所欲为。是你策划了越狱，后来安排他们互换衣服，然后又将他窝藏到安全之地，直到他能出国。”

“滑稽，简直是一派胡言。”伯顿先生说。

“而且，你只帮助聪明的盗窃犯，然后在他们被再次抓住之前，将他们藏好。”巡官继续严厉地说，“所以伯顿，你非常清楚，通过这些交易会给你带来巨大的收益。韦斯顿和那些钻石肯定都在这里。他们到底在哪儿？”

“他们不在这里。”伯顿再次说，“你们完全可以自由地搜。不过巡官先生，你不会从我这里查到什么。我是无辜的。”

朱利安听着他们的对话，震惊不已。怎么会这样？他们竟然掉进了盗贼和小偷的老巢！好吧，朱利安知道韦斯顿在哪儿，那么钻石肯定也在那里了！他试着朝前走了几步。

“孩子，晚点再给我讲你的故事。”巡官说，“我们现在有正事要做。”

“嗯，先生，我可以帮你节省很多时间。”朱利安说话了，“我知道被藏起来的囚犯和钻石在哪儿。”

鲁奇瞬间跳了起来。伯顿先生费解地看着朱利安。其他人不安地互相看了看。

“你知道个屁！”鲁奇大叫，“你昨天才来到这里。”

巡官信任地望着朱利安，示意他勇敢地说出来。

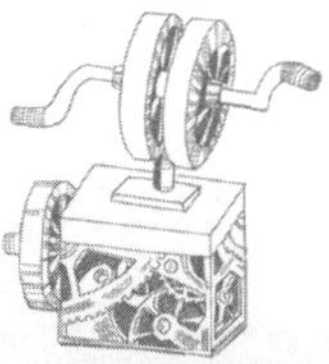

他相当喜欢这个孩子得体的礼节和那双诚实的眼睛。

“你说的是什么意思呢？”他问道。

“噢，是这样。”朱利安说，“先生，请随我来。”

他转身走出了起居室，所有人都跟着他，包括几名警察、鲁奇及其同伙。不过有三个警察守在房子后面，以防犯人逃跑。

朱利安带着他们进入了书房。鲁奇的脸一下子就变紫了，但是伯顿伸出手肘用力推了他一下，什么也没说。朱利安走到书架旁，片刻间，他清空了一个架子上的所有书。

就在此刻，鲁奇“啊”地大吼一声，冲向了朱利安。“住手！你在干什么！”

两名警察迅速制服了鲁奇。他们将他拖了回来。朱利安拉出按钮，嵌板缓缓而无声无息地下降，墙上出现了一个大大的洞口。

房间里露出了四张面孔——三个孩子，一个男人，一个个大睁着眼睛。提米也在里面，只不过它卧在地板上，看不到。有那么一会儿，时间仿佛静止了，没人说一句话。看到一群警察，密室里的人都相当吃惊；反过来，站在书房里的人看着这个迷你小屋里竟然站着这么多孩子，也充满了好奇。

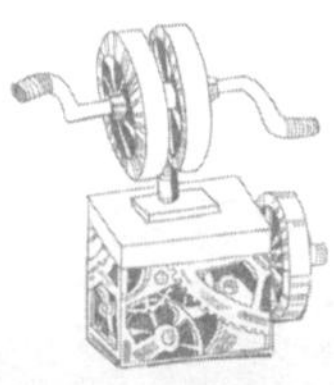

“太好了！”巡官说，“好啊，上天保佑！这不就是韦斯顿本人嘛，比真人还像！”

鲁奇开始和警察抗争。他看起来被朱利安彻底激怒了。

“那个臭小子！”他咒骂道，“让我逮住他。臭小子！”

“韦斯顿，宝石是不是在你那里？”巡官高兴地问，“你最好一并交代清楚。”

韦斯顿的脸色瞬间煞白，身子也动弹不得。狄克夺步走到小床旁边，从床底下拉出来一个大袋子。

“在这儿。”狄克龇牙笑道，“我的天，感觉可不少呢——太沉了！朱，我们现在能出去了吗？”

三个小孩在警察的帮助下从密室钻了出来。韦斯顿出来之前，已经被上了手铐。仿佛一眨眼间，鲁奇发现自己的双手也被铐住了。令伯顿先生大为吃惊的是，他的手腕上也多了一副手铐！

“好家伙，这一袋东西可不少啊！”巡官欢快地说，一边伸头朝袋子里看，“韦斯顿，你的衣服是怎么回事？这套衣服看着不赖，不过你越狱逃走的时候穿的不是这套。”

“我知道他的衣服在哪儿。”朱利安一下子想了起

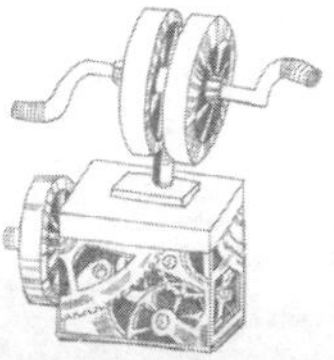

来，说道。当然，乔治和安也知道。所有人都睁大了眼睛，有点不敢相信朱利安的话。

“从这里到中峡谷森林之间有一条乡间小路，路边有一处废弃的小木屋，那里有一口井，他的衣服被塞到了井里。”朱利安说得清清楚楚，“我随时都可以去帮你们找出来。”

伯顿先生听得目瞪口呆，他简直不敢相信自己的耳朵。“你怎么会知道?！”他粗鲁地喝问道，“你怎么知道得一清二楚！”

“我就是知道。”朱利安说，“而且我还知道你开着你的黑色宾利——车牌号 KMF102，拿了一套新的衣服给他换上，对不对？我看到了。”

“伯顿，说的就是你，没错吧？”巡官微微一笑，“这就是证据，你无法否认。这个孩子，哈哈，看来目睹了不少有趣的事情呢。不可否认，如果有一天他当上警察，我一点也不会惊讶。我们随时欢迎像他这样的人！”

伯顿“呸”一声，把烟吐了出来，用脚狠狠地踩着烟头，内心无比希望踩的就是朱利安、这一群孩子！假如愚蠢的鲁奇没有去追理查德·肯特，那么这一切都不会发生。韦斯顿就能安全地藏着，而后卖掉

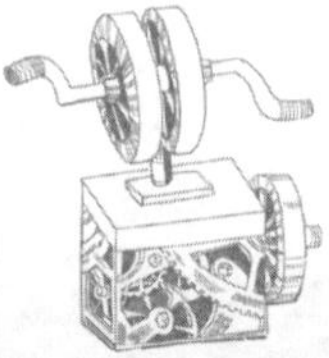

钻石，将韦斯顿送出国；而他，伯顿，也将发上一笔大财。可如今，一群小屁孩儿将他的美梦彻底打碎。

“这栋房子里还有其他人吗？”巡官问朱利安，“我的好孩子，你看起来比别人知道的都多一些，也许你能告诉我。”

“还有的，他们是阿吉和驼子。”朱利安立即回答道，“可是，警官，请不要为难阿吉，她对我们很好，而且她总是被驼子欺负。”

“好的，我们会记住你所说的话。”巡官答应道，“各位，搜查整栋房子，把阿吉和驼子也一起带走。我们需要他们做证。留两个人在此看守，其余人回程。”

黑色宾利车需要随同另外两辆警车一起，带上所有人员去另一个镇子！可是孩子们的自行车没办法带，得留下了，因为车子的空间有限，装不下。的确如此，完全塞不进去。

“你们今晚上要回家吗？”巡官问朱利安，“我们送你们。你们的父母还好吗？他们应该担心坏了吧？”

“他们出远门了呢。”朱利安解释道，“我们几个其实正在骑车旅行，所以他们应该不知道这些，不过今天晚上我们的确没有地方过夜了。”

有啊！巡官的脑海里一直回旋着一个请求：如果

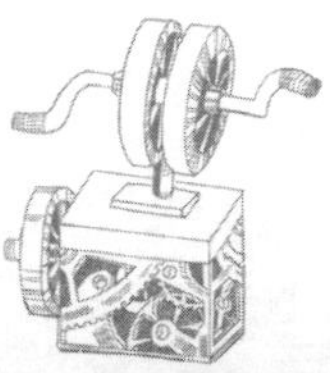

朱利安和其他人愿意去理查德家过夜，肯特夫人他们定会非常非常开心。她迫切地想要听一听他们的奇遇。

“好啊。”朱利安说，“那就这样定了。我们去。不管怎么样，我还是得捶上理查德一拳。他成了一名真正的英雄！”

“你可能还得多停留几天，”巡官说，“因为我们需要你。我希望——你还有更精彩的事要讲述。更重要的是，你真的帮了我们大忙！”

“没问题，我们会多待几天的。”朱利安答应了，“先生，如果你们能帮我们收一下自行车就好了，我们将会非常感激。”

孩子们抵达理查德家时，已经很晚了，可是理查德早早地就候在了大门口，等着迎接他们。他已经换上了干净的衣服，相比朱利安他们脏兮兮的样子，理查德看起来整洁太多了。

“我多么希望也能回去找你们，”他大叫道，“可是我被送回了家，我要疯了。对了，妈妈、爸爸，他们就是我遇到的小伙伴。”

肯特先生刚从美国回来，他与孩子们一一握手。“快进来，孩子们。”他说，“给你们准备了大餐——你们肯定都饿坏了！”

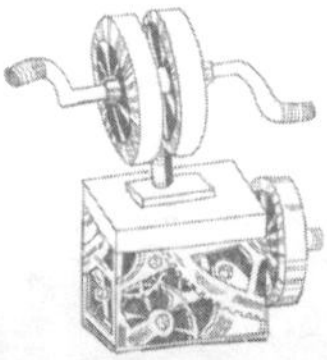

“请告诉我后来都发生了什么，请现在就说吧。”理查德请求道。

“我想我们必须、马上先洗个澡。”朱利安坚持道，“要不然整个人都要臭死了。”

“好啊，你可以一边洗澡一边给我讲。”理查德仍不放弃，“我必须现在就要听到！”

洗个热水澡，穿上干净的衣服，简直棒极了！肯特先生和肯特夫人都把乔治当成了男孩，所以乔治被“郑重地”分了一件男孩子穿的短裤，其他人看到后，都忍不住咯咯笑。乔治当然也乐了，不过她并没说什么。

“听到理查德的所作所为，我相当生气。”当孩子们坐到餐桌旁狼吞虎咽的时候，肯特先生说，“我为他感到羞耻。”

听到这话，理查德瞬间垂下了头。同时，他又恳求地注视着朱利安。

“是的，理查德就是个傻瓜。”朱利安说，“而且让我们所有人都陷入麻烦。先生，他需要为此承担责任。”

理查德看起来更沮丧了。他的脸蛋通红，双眼直勾勾地盯着桌布。

“但是，”朱利安又说，“肯特先生，他已经弥补

了他的愚蠢。您听我说，起先，他把自己塞进小汽车拥挤的后备厢，后来成功脱逃，找到警局，向警察报了案。听起来简单，可是真正能成功做到，却难之又难，相信我！我认为，他现在成了真正的理查德[1]！”

说着，朱利安朝理查德靠了过去，然后在他背上“狠狠地”拍了一下。狄克、安和乔治也纷纷学样，“咚咚咚”拍了拍理查德的背。提米也不例外，低沉地汪了一声。

理查德的小脸蛋因为开心显得愈加红扑扑的。“谢谢！”他羞涩地说，“我会永远记住这一切。”

“嘿，小子，我看好你！”理查德的爸爸由衷说道，“要不然结局还不知道会是什么样呢！”

“可是糟糕的场面并没有发生，”安乐呵呵地说，“反而是这样：我们又可以自由呼吸啦！”

“直到下一次探险，”狄克嘿嘿笑道，“提米，我的老伙计，你觉得呢？”

“汪！”提米的尾巴拍打着地板，一边叫道，“汪——汪！”

---

① Richard，男孩英文名，有“坚强的、勇猛的”之寓意。

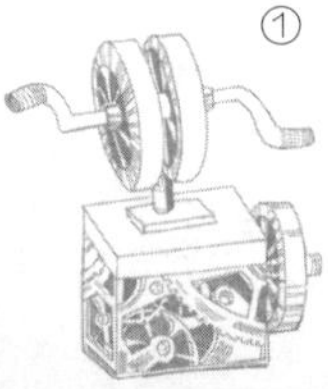

想想吧

1. 警察是如何进到院子里的？

2. 伯顿先生购买这栋老宅的目的是什么？

3. 理查德为什么成了真正的理查德？

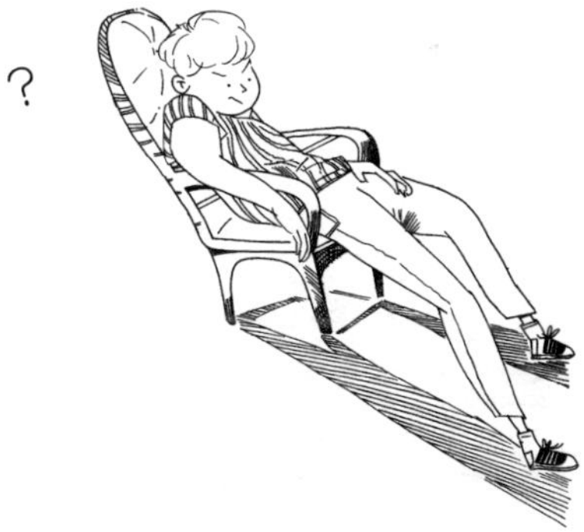

译名对照表

类别	英文	中文
人名	Fanny	范妮
	Quentin	昆丁
	Julian/Ju	朱利安 / 朱
	Dick	狄克
	George	乔治
	Anne	安
	Joanna	乔安娜
	Luffy	拉菲
	Thurlow Kent	瑟娄 · 肯特
	Richard Kent	理查德 · 肯特
	Lomax	洛马科斯
	Rooky	鲁奇
	Aggie	阿吉
	Hunchy	驼子
	Perton	伯顿
	Ben	本
	Fred	弗雷德
	Ted	泰德
	Solomon Weston	所罗门 · 韦斯顿

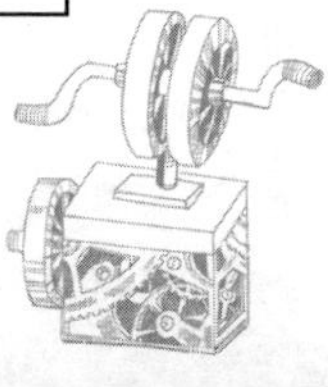

续表

类别	英文	中文
动物名	Timothy/Timmy/Tim	提摩西 / 提米 / 提姆
	Bunter	本特尔
	Biscuit	比斯格友
	Brownie	布朗妮
	Bones	鲍恩斯
	Bonzo	邦佐
地名	Manlington-Tovey	曼灵顿 · 多维村
	Green Pool	碧塘
	Middlecombe Woods	中峡谷森林
	Croker's Corner	克罗克之角
	Great Giddings	大吉丁村
	Owl's Dene	鹰谷
	Owl's Hill	鹰之山

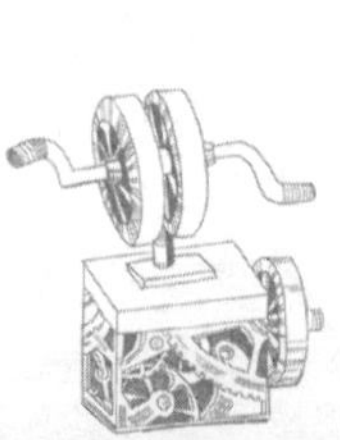

“五个小侦探”丛书

第一辑

1、《宝岛历险记》 米子 译
2、《再次大冒险》 孙精精 译
3、《离家出走》 杨盛梅 译
4、《走私者之峰》 庞贝 译
5、《马车出游历险记》 黄林涛 译

第二辑

6、《重返宝岛》 黄林涛 译
7、《幽灵火车》 黄林涛 译
8、《陷入大麻烦》 孙精精 译
9、《冒险的经历》 彭金玲 译
10、《一次远足》 欧阳耀地 译